하루 한 편,
세상에서 가장 짧은
명작 읽기
2

하루 한 편, 세상에서 가장 짧은 명작 읽기

2

송정림 지음

위즈덤하우스

그 어느 날, 내게는 결코 없을 거라고 믿는 일이 다가온다. 절대 깨지지 않을 거라고 여겼던 계약이 부도가 나고 전폭적인 신뢰로 기댔던 사람이 차갑게 등을 돌린다. 사랑도 언젠가는 그 유통기한을 넘겨버린다.

인생의 위기가 남의 일만이 아니다. 내게도 일어날 수 있는 일이다. 생전 처음 다가온 위기일 수도 있고, 몇 번째 들이닥친 위기일 수도 있다. 인생의 재난은 누구에게나 예외 없이 닥칠 수 있다. 그렇게 인생의 위기가 찾아왔을 때, 어떻게 맞닥뜨려야 할까?

나는 선택의 순간마다, 위기의 순간마다 고전 명작 속에서 길을 찾곤 한다.

왜 나에게만 이런 일이 일어날까 슬퍼하며 움츠러들 때면 펄 벅의 『대지』를 꺼내 읽는다. 그러면 농부인 왕룽이 말해준다. 다른 데 한눈팔 새가 없이 고난을 이기는 데만 집중할 수 있으니 얼마나 좋으냐고. 고난 덕분에 힘든 역경을 함께 견딜 내 편을 알아볼 수 있으니 얼마나 고마운 일이냐고.

사랑에 회의가 들 때는 『개선문』을 찾아 읽는다.

트렌치코트의 깃을 올리고 칼바도스에 취한 채 파리의 거리를 걸어가는 라비크가, 냉소 속에 숨겨진 따뜻함으로 전해준다. 우리가 살아가는 일은 캄캄한 길을 걷는 일이지만, 어두운 거리를 밝혀주는 그것이 있어서 살아갈 수 있다고. 그것은 바로 사랑이라고.

누군가에 대한 원망 때문에 잠들지 못하는 밤이면 『파우스트』를 다시 읽어본다. 그러면 지식이 풍부한 파우스트 박사가 나타나 말해준다.

슬픔의 원인을 외부에서 찾는 자는 결코 행복을 얻지 못한다고. 행복의 반대말은 불행이 아니라 불만이라고.

반복되는 일상에 지루함을 느낄 때면『어느 세일즈맨의 죽음』이나『네루다의 우편배달부』를 펼친다. 그러면 그리운 아버지가, 그리고 이웃에 사는 순박한 우체부가 말해준다. 지금 이 순간을 즐겁게 살라고. 어제도 내일도 아닌 오늘을 누리라고.

우리의 생은 고단하고 쓸쓸하다. 갈 길은 험난하고 선택의 기로에 서는 일은 자꾸만 늘어간다. 두려운 삶의 고비에서 수없이 흔들리는 순간들에 우리는 물음표를 찍어보게 된다.

"나 어디로 가야 하나요?"

공부는 참고서도 있고 가르쳐주는 학원도 있지만, 인생의 고민을 털어놓고 답을 구할 만한 곳은 없다. 그렇다면 고전 명작 소설을 읽어보라고 권하고 싶다. 시대를 뛰어넘어서도 계속 명작이라고 불리는 데는 이유가 있다. 주인공들의 인생행로를 따라가다 보면 그들이 인생의 길을 안내해준다. 인간관계의 심리학도 그 안에 있고, 선택의 지혜도, 삶의 철학도 다 그 안에 있다. 사랑과 꿈과 삶의 해법이 들어 있다. 행복의 근원이 어디에 있는지 그 열쇠가 들어 있다.

『하루 한 편, 세상에서 가장 짧은 명작 읽기』 1권을 읽고 나서

"책을 읽고 싶어졌다"는 말을 전해오는 사람들이 많았다. 경황없이 살다 보니 고전 명작 소설들을 멀리하고 지냈는데, 이 책 속에 있는 고전들을 다시 읽고 싶어졌다는 것이다.

작가로서 최고의 보람은, 이렇게 독자들이 마음을 알아줄 때이다. 시간이 없어서 고전 명작 소설을 읽을 수 없는 분들, 무슨 책을 어떻게 골라 읽을지 모르는 분들, 그런 분들을 위해 이 책을 썼다. 그리고 갈 길 몰라 서성이는 어딘가에서 행복의 길을 제시받기를 바라며 이 책을 썼다.

부디 이 책을 들어 인생의 길을 물어보시기를 권한다.
그러면 인생의 역경을 이겨낸 매력적인 친구들이 생길 것이고, 그 친구들이 당신 곁에서 춥고 험한 인생의 길을 동행해줄 것이다.

송정림

차례

●
1장
피할 수 없는 고통 속에 드러난 인간성을 다룬 이야기

1장

피할 수 없는
고통 속에 드러난
인간성을 다룬 이야기

주제 사라마구
『눈먼 자들의 도시』

☑ 감았던 눈을 뜨면 낙원이 보인다

예순이 넘어 맞이한 문학의 전성기

주제 사라마구José Saramago, 1922~2010는 마르케스, 보르헤스와 함께 20세기 세계문학의 거장으로 꼽히는 환상적 리얼리즘의 대표적인 작가이다. 그는 포르투갈에서 가난한 농부의 아들로 태어나 고등학교를 졸업한 후 용접공으로 사회생활을 시작했다.

독학으로 문학 수업을 한 사라마구는 1947년에 소설 『죄악의 땅』으로 데뷔했지만 그 후 19년간 한 편의 작품도 쓰지 않고 수많은 직업을 전전했다. 그러다 50대 중반이 되어서야 다시 창작열을 불태우기 시작했고, 1982년 발표한 『수도원의 비망록』으로 유럽 최고 작가로 주목받았다.

예순이 넘어 작가로서 문학적 전성기를 맞이한 사라마구는 76세가 된 1998년에 노벨문학상을 수상했다.

갑자기 모든 사람이 앞을 볼 수 없게 된다면

주제 사라마구가 1995년 발표한 『눈먼 자들의 도시』는 알 수 없는 이유로 도시의 모든 사람이 앞을 볼 수 없게 되고, 한 사람만이 그 '눈먼 자들의 세상'을 바라보는 이야기다.

이 작품은 "스케일이나 스타일에서 성경에 버금가는, 잊히지 않을 대작"이라는 평을 받는 등, 전 세계 권위자들의 폭발적인 호평을 받았다. 2008년에는 이 소설을 원작으로 한, 같은 제목의 영화가 개봉되기도 했다.

왕성한 창작 활동을 벌이던 작가는 2010년 6월 18일 스페인 카나리아 제도 란사로테섬에 있는 자택에서 지병으로 세상을 떠났다.

『눈먼 자들의 도시』는 이렇게 시작된다.

"노란불이 들어왔다. 차 두 대가 빨간불에 걸리지 않으려고 가속으로 내달았다."

차들이 질주하는 도시에서 운전을 하던 한 남자가 갑자기 눈이 안 보인다고 말하며 차를 멈춘다. 남자는 절망감에 젖어 "눈이 안 보여!"를 되풀이해 소리친다.

그는 다른 남자의 도움으로 집에 무사히 도착한다. 그런데 이 사건 이후 그를 간호한 아내도, 남자가 치료받기 위해 들른 병원의 환자들도, 그를 도와준 남자도 모두 눈이 멀어버린다. 그들의 시야는 마치 우유의 바다처럼 희고 탁하게 채워진다. 정부는 이 백색실명 현상을 전염병으로 선포하고 눈먼 자들을 빈 정신병동에 격리수용하기에 이른다.

병은 삽시간에 도시 전체로 퍼졌다. 첫 환자를 진찰한 의사 역시 갑자기 눈이 멀어버렸다. 구급차가 오고 그의 아내는 남편이 구급차에 타는 것을 돕더니 자신도 남편 옆에 앉는다. 구급차 운전사가 뒤를 돌아보고 말한다.

"저 사람만 데려가야 해요! 그게 받은 명령이오. 어서 내려주셔야겠소."

그러자 아내는 대답한다.

"나도 데려가야 할 거예요. 나도 방금 눈이 멀었거든요."

아내는 의사와 함께 병원으로 옮겨진다. 그러나 사실 아내는 눈이 멀지 않았다. 그녀는 다만 남편이 지금 어디로 가는지 알고 있는 현명한 여자였고 남편을 사랑하기에 비극까지 함께하려는, 사랑의 방식을 아는 여자였다.

눈먼 사람들이 수용된 병동을 지키는 군인들은 눈먼 자들과 시선이라도 마주치면 병이 옮을까 봐 눈먼 자들에게 마구잡이로 총을 쏜다. 수용소는 눈먼 사람들로 가득 차고, 그들 사이에서 약탈과 침략, 살인이 벌어진다.

그러던 중에도 삶은 계속된다. 어떤 사람이 라디오를 가지고 들어오자 그들은 이렇게 기뻐한다.

"라디오! 음악을 들을 수 있겠군요! 음악! 음악을 들을 수 있어요!"

이렇게 비탄에 잠기기도 한다.

"기타를 가져올 생각을 한 사람이 한 명도 없다니 참으로 안타까운 일이야!"

그리고 예고 없이 시작된 불행은 예고 없이 끝난다.

가장 먼저 눈이 먼 남자가 갑자기 눈꺼풀 안쪽이 어두워진다. 그리고 곧이어 외친다.

"눈이 보여! 눈이 보여!"

거리는 사람들로 가득 찬다. 사람들은 단 두 마디만 외치고 있었다.

"눈이 보여."

눈 뜬 사람들이 달려가는 거리를 내려다보며 아내는 의사에게 말한다. 우리는 볼 수는 있지만 보지 않는, 눈먼 사람들인지도 모른다고…….

사람의 눈은 때로는 말보다 더 강렬하게 감정을 표현한다. 어떤 눈빛은 총을 겨눈 것보다 더한 위협이나 상처가 되기도 하고, 우리 마음을 기쁨으로 채우거나 황홀감에 젖게 하기도 한다.

그뿐인가. 혹자는 사람의 눈동자를 운명을 담는 그릇이라고 한다. 그래서 눈이 슬픈 사람은 슬픈 인생을 산다는 말도 있다. 또 "눈에 눈물이 없으면 마음에 무지개가 피지 못한다"는 시도 있다. 삶의 어느 지점에서 눈에 눈물을 담아본 적 없는 사람은 진정한 인생을 알 수 없다는 뜻이다.

이쯤 되면 주제 사라마구가 작품의 배경을 왜 하필이면 눈먼 사람들이 사는 도시로 설정한 것인지 짐작이 간다. 눈이 보이지 않게 되자 사람들은 감정조차 멀게 된다. 영혼도, 마음도 모두. 세상을 향한 창을 닫게 된 것이다.

감았던 눈을 뜨는 것, 그것만이 그토록 찾는 낙원을 보는 방법이라고 하는데…… 우리는 지금 눈을 질끈 감고 아름다운 것들을 느끼지 못하고 있는 것은 아닐까? 감았던 마음의 눈을 뜨면, 그 앞에 아름다운 사람들이 있고 아름다운 계절이 있고 아름다운 음표를 찍으며 음악도 흐르고 있다.

레프 톨스토이
『전쟁과 평화』

☑ 서로를 가엾게 여기며 사랑하라

양처와 악처 사이

레프 톨스토이Lev Nikolaevich Tolstoy, 1828~1910는 34세이던 1862년, 16세 연하의 소피아 안드레예브나 베르스와 결혼했다. "결혼 생활의 행복이 나를 삼키고 있다"고 말할 정도로 행복했던 톨스토이는 안정된 환경 속에서 집필에 집중할 수 있었고, 『전쟁과 평화』, 『안나 카레니나』를 완성했다. 그녀는 두 작품의 내용이나 등장인물에도 많은 영향을 준 것으로 알려져 있다.

톨스토이의 원고를 손보고 정서하는 것도 소피아의 몫이었다. 『전쟁과 평화』를 쓸 당시 톨스토이가 워낙 악필이라 아무도 그가 쓴 글씨를 읽을 수 없어 그녀가 여섯 번 이상 고쳐 썼다고 한다. 또 그녀는 남편을 대신해 영지와 재산을 관리했다.

그런데 소피아는 왜 모차르트의 아내 콘스탄체, 소크라테스의 아내 크산티페와 더불어 세계 3대 악처惡妻 중의 한 명으로 꼽히고 있는 것일까? 이는 톨스토이의 사망과 관련이 있다. 그는 말년에 재산권 문제로 아내 소피아와 갈등하다가 집을 나간 지 며칠 만에 객사하고 말았던 것이다.

전쟁과 삶 사이에서

『전쟁과 평화』는 1805년부터 1820년까지 약 15년의 시간과 러시아라는 광활한 공간을 배경으로 자연의 섭리와 인간의 역사를 그려낸 톨스토이의 대표작이다. 559명이라는 인물이 등장하며, 나폴레옹이 지휘하는 프랑스군과 러시아군 사이의 전쟁이 중심 배경을 이룬다.

많은 인물이 등장하지만 중심축은 세 사람이다. 미래의 영광을 꿈꾸며 전장으로 나가는 청년 공작 안드레이, 사생아였지만 아버지의 재산을 상속받아 사교계의 총아가 되는 피에르 그리고 이 두 주인공에게 삶의 활력을 불어넣는 태양 같은 소녀 나타샤. 톨스토이는 이들 세 사람을 통해 전쟁이 얼마나 사람에게 큰 영향을 미치는지 그리고 인생에서 가장 중요한 것이 무엇인지를 그려나간다.

1805년 페테르부르크, 안나 파블로브나 셰레르의 저택에서 야회가 시작되고 사교계는 나폴레옹의 이야기로 떠들썩하나. 러시아 군대의 막강한 전력에 대해 아무도 의심하지 않는 가운데, 젊은 귀족 안드레이와 피에르는 참전에 대해 서로 다른 생각을 나눈다.

서민적이면서 공상하기를 좋아하는 피에르는 외국 유학에서 돌아와 아버지가 남긴 막대한 유산을 상속받고 백작이 되어 절세미인인 엘렌과 결혼한다. 그리고 지성적인 안드레이는 나폴레옹과 같은 영웅이 되겠다며 명예심에 불타 전장으로 나간다. 명장 쿠투조프가 이끄는 5만 명의 러시아 군대는 네 배가 넘는 프랑스군을 맞아 퇴각하려고 한다. 그러나 황제의 명령으로 아우스터리츠에서 프랑스군과 일전을 벌이게 되고, 그 결과 참패를 당한다.

쿠투조프의 부관이었던 안드레이는 화려한 미래와 영광을 가져다줄 거라 믿었던 전쟁에서 중상을 입고 피를 흘리며 쓰러진다. 그때 지금까지 한 번도 본 적 없던 드높은 하늘이 그의 눈에 들어온다.

'어째서 지금까지 저 높은 하늘이 눈에 띄지 않았을까? 그러나 이제라도 이것을 알게 되었으니 나는 정말 행복하다. 그렇다! 저 끝없는 하늘 외에는 모든 것이 공허하고 기만이다. 저 하늘 이외에는 아무것도, 아무것도 존재하지 않는다.'

말발굽 소리와 프랑스 군인들이 다가오는 소리가 들려도 그는 오직 머리 위에 펼쳐진 드높은 하늘만 볼 뿐이다. 나폴레옹이 가까이 와 있는 것도 알고 있었지만 그 순간에는 나폴레옹조차 흰 구름이 있는 하늘에 비하면 하찮은 존재로 느껴진다. 공평하고도 선량한 하늘에 비하면 나폴레옹의 마음을 차지하고 있는 온갖 흥미, 천박한 허영심, 승리의 기쁨, 영웅의 가치가 모두 보잘것없게 여겨지는 것이다. 그토록 영웅이 되길 원하며 모든 걸 버리고 전장에 나왔건만 지금 그는 사랑하는 이들에게 돌려보내줬으면 하는 마음뿐이다.

한편 피에르는 아내 엘렌과 친구인 돌로호프 사이에 미묘한 소문이 돌자 괴로워하다가 결국 명예를 지키기 위해 돌로호프에게 결투를 신청한다. 결투에서 그를 쓰러뜨린 피에르는 길도 없는 눈 속을 걸으며 이해할 수 없는 말을 중얼거린다. "어리석은…… 어리석은…… 죽음…… 허위……."

얼마 후 피에르는 아내에게 재산의 대부분을 넘기고 혼자 떠나버린다.

전사한 줄 알았던 안드레이가 돌아온 그날 밤, 그의 아내 리자는 사내아이를 낳고 숨을 거둔다. 안드레이는 이제 모든 게 다 끝났다고 생각한다. 삶의 의미를 잃어버린 안드레이는 귀족 회의가 있는 로스토프 백작가를 방문하는데, 그곳에서 백작의 딸 나타샤에게 마음이 끌린다.

몇 달 후 무도회에서 재회한 두 사람은 서로 사랑을 느끼고 약혼을 하지만, 안드레이 아버지의 강한 반대에 부딪힌다. 결국 1년의 유예기간을 갖기로 하고 안드레이는 떠난다.

약혼자 안드레이를 기다리던 나타샤는 아나톨리(피에르의 아내였던 엘렌의 오빠)의 유혹에 넘어간다. 하지만 그에게 다른 여인이 있다는 사실이 밝혀지면서 나타샤의 마음에는 후회만 남는다. 그렇게 나타샤와 안드레이의 약혼은 깨지고 만다. 그때 피에르가 나타나 후회하고 있는 나타샤를 위로한다.

그즈음 나폴레옹이 대군을 이끌고 모스크바를 공격한다. 좌천되었던 쿠투조프 장군은 러시아군 총사령관직을 맡아 보로디노에서 나폴레옹군과 겨루게 된다. 군인이 아니었던 피에르는 이 전쟁에 참가하여 소박하고 용감한 러시아군의 활약에 감격을 느낀다.

쿠투조프는 모스크바를 적군에게 넘겨주고 작전상 후퇴를 명령한다. 이때 피에르는 인적이 끊긴 모스크바에 남아 나폴레옹 암살을 꾀하는데, 암살에 실패해 체포당하지만 다행히 구출된다. 쿠투조프 장군은 기회가 오자 총반격 작전을 펼쳐 나폴레옹군을 곳곳에서 무찌른다. 거기에 추위와 식량 부족이 겹치자 나폴레옹군은 퇴각하기에 이른다.

부모와 함께 피란길에 오르려고 짐을 꾸리던 나타샤는 부상병을 구하기 위해 그 짐을 버리고 부상병들을 마차에 태워 옮긴다. 그러다 그들 가운데서 중상을 입은 안드레이를 만난다. 안드레이는 나타샤에게 말한다.

"아까부터 당신을 보고 있었습니다. 당신이 들어왔을 때 느꼈습니다. 이렇게 부드러운 고요와 빛을 주는 사람은 당신 외엔 아무도 없습니다. 나는 기뻐 울고만 싶습니다."

나타샤는 참회의 마음으로 정성을 다해 안드레이를 간호한다. 끝난 줄 알았던 삶의 의미를 나타샤에게서 다시 찾아 간절히 살고 싶었던 안드레이는 결국 죽음을 맞는다. 나타샤는 그의 눈을 감겨주고 흐느낀다.

전쟁은 마침내 러시아의 승리로 끝나고, 모스크바에서 나타샤와 피에르가 다시 만난다. 나타샤에게 사랑의 이끌림을 느낀 피에르는 이 모든 것이 어쩔 수 없다고, 결국은 이게 운명이라고 생각한다. 전쟁과 사랑에 상처 입은 가슴으로 피에르는 나타샤와 결혼한다. 나타샤의 오빠 니콜라이는 정열적인 장교였는데, 그 또한 전사한 안드레이의 누이동생 마리아를 아내로 맞이한다.

그로부터 8년 가까운 세월이 흐른 1820년의 어느 날, 착실한 지주가 되어 있는 니콜라이 로스토프 내외를 피에르 내외가 방문한다. 세 딸과 한 아들의 어머니가 된 나타샤. 남편과 자식들이 곁에 있어 그녀는 행복해한다.

승리의 꿈에 부풀었고 영웅심으로 가득했던 안드레이가 전쟁터에서 중상을 입고서 눈물이 그렁한 채 쳐다봤던 푸른 하늘. 그 어떤 위대한 꿈도 저 하늘에 비하면 아무것도 아니라고 알려주었던 그 하늘빛은 오늘도 유효하다.

하지만 지금 이 순간에도 저 하늘 아래 전쟁이 벌어지고 있는 곳이 있다. 왜 전쟁은 끊이지 않으며, 왜 우리는 서로에게 아등바등 총구를 겨누며 살아가야 하는 것일까.

중요한 것은 오직 사랑. 사랑은 생명이고, 모든 것이 존재하는 것도 다만 사랑이 있기 때문이라고 톨스토이는 안드레이의 마음을 빌려 우리에게 전한다. 연민과 사랑만이 신이 이 땅에 내려주신 축복이라고. 그러니 하늘의 뜻에 따라 서로 가엾게 여기며 사랑하라고.

윌리엄 골딩
『파리대왕』

☑ 우리 안의 악마는 어디에서 왔을까

43세에 발표한 첫 장편소설로 노벨문학상을 받다

윌리엄 골딩William Gerald Golding, 1911~1993은 옥스퍼드 대학교의 브래스노스 칼리지에 입학해 자연과학과 영문학을 공부했다. 제2차 세계대전이 발발하자 영국 해군에 입대하여 독일 전함 비스마르크호 격침 및 노르망디 상륙 작전에 기여하였다.

그는 이 시기 참혹한 전장의 모습을 보며 인간의 본성에 대한 깊은 회의를 느끼게 되었고, 전쟁이 끝난 후에는 교사로 일하면서 소설을 쓰기 시작하였다.

1954년, 골딩이 43세 때 출간한 『파리대왕』은 그의 첫 장편소설이자 출세작이다. 이 작품은 독자들의 열렬한 관심을 받았으며, 특히 영미권 학생들 사이에서 많이 읽혀 '캠퍼스 대왕'이라는 별명을 얻기도 했다. 『파리대왕』은 이후 영화와 연극으로도 만들어졌으며, 1983년 골딩이 노벨문학상을 수상하는 데도 큰 영향을 미쳤다.

✓ **명작 비하인드**

왜 파리대왕일까?

『파리대왕』은 무인도에 고립된 소년들을 통해 인간 본성의 결함을 보여주는 작품이다. 인간 본성의 불완전성 혹은 사악함을 가리키는 말이 바로 소설 제목인 '파리대왕Lord of the Flies'이다.

이 말은 히브리어 베엘제버브Ba'alzevuv 혹은 Beelzebub를 번역한 것으로 곤충의 왕이나 악마를 의미한다. 베엘제버브는 7대 악마 중 하나로 존 밀턴의 『실낙원』에서는 루시퍼 다음가는 악마들의 지도자로 나온다.

소설 속에서는 무인도에 던져진 아이들이 제목 그대로 악마가 되어가는 과정이 그려진다.

핵전쟁의 위험을 느낀 영국은 여섯 살부터 열두 살까지 25명의 소년들을 안전한 장소로 옮기려 한다. 그러나 비행기가 적의 공격을 받아 추락하면서 태평양의 무인도에 불시착하게 된다. 제일 먼저 상륙한 소년은 잘생기고 착한 랠프와 다른 학생들의 놀림감이 되는 뚱보 피기다. 피기는 안경만 벗으면 거의 아무것도 보이지 않는 데다 천식으로 고생하고 있다. 두 소년은 커다란 소라 껍데기를 발견한다.

열두 살 소년 랠프가 소라 껍데기를 신호용 나팔로 삼아 불자 아이들이 한곳으로 모인다. 그들 가운데는 잭 메리듀가 지휘하는 성가대가 있었는데, 이 소년들은 발목까지 내려오는 검은 망토를 입고 땀을 흘리고 있었다.

한자리에 모인 소년들은 대장을 선출한다. 잭은 "내가 대장이 돼야 해!" 하며 나선다. 하지만 침착하고 어른스러운 랠프가 대장으로 뽑힌다. 랠프는 회의를 열어, 산꼭대기에 봉화를 올려 구조대가 볼 수 있게 하자고 제안한다. 피기의 두꺼운 안경으로 빛을 모아 불을 피우는 데 성공한 그들은, 조를 나눠서 봉화가 꺼지지 않게 지키기로 한다.

그러나 산꼭대기는 불바다가 되고 꼬마 하나가 행방불명된다. 랠프는 살아남기 위해 법과 질서가 필요하다고 생각하지만 소년들의 관심을 어느 한 가지에 붙잡아두기란 쉽지 않았다. 소년들은 멋대로 수영을 하는가 하면, 해야 할 일은 잊고 과실 따 먹는 일에 몰두한다. 친절한 소년 사이먼, 샘과 에릭 쌍둥이만이 랠프가 은신처를 짓는 일을 돕는다.

한편 지도자가 되지 못한 것을 분해하던 잭은 성가대원들로 사냥 부대를 조직한다. 랠프는 오두막을 지을 것을 제안하지만, 잭은 오로지 멧돼지 사냥에만 열을 올린다. 그러는 동안 그들이 돌보기로 했던 불이 꺼지고 섬 근처까지 왔던 배는 아이들을 보지 못하고 지나친다. 멧돼지를 잡았다고 자랑하는 잭 무리에게 랠프가 추궁한다.

"배가 보였었어. 저기. 넌 봉화를 줄곧 올리겠다고 해놓고서는 꺼뜨리고 말았어! 봉화만 있었어도 배에 있는 사람들이 우리를 보았을 거야. 우리들은 집에 돌아갈 수 있었을지도 모른다고."
이 일로 랠프와 잭 사이에 편 가르기가 시작된다. 아이들은 지도자인 랠프의 곁을 떠나 잭이 만든 집단에 들어간다. 랠프의 곁에는 피기와 사이먼, 쌍둥이 샘과 에릭만 남는다.

잭의 무리들은 멧돼지를 속이기 위해 얼굴에 진흙을 바르기 시작하는데, 얼굴을 알아볼 수 없게 되자 수치심도, 자의식도 사라져버린다.

그때 소년들 사이에 무서운 악마에 대한 소문이 돌고, 잭의 무리는 점점 잔인하고 포악해진다. 그들은 새끼들과 평화롭게 낮잠을 자던 큰 암돼지 한 마리를 잡고는 그 머리를 장대에 꽂아 악마에게 선물로 바친다. 한편 사이먼은 조사를 통해 악마의 실체를 알게 된다.

"나 같은 짐승을 너희들이 사냥할 수 있다고 생각하다니, 참 가소로운 일이야."

악마의 진짜 모습, 파리대왕은 사이먼에게 말한다.

"넌 그것을 알고 있었지? 내가 너희들의 일부분이라는 것을. 아주 가깝고 가까운 일부분이야. 왜 모든 것이 틀려먹었는가! 왜 모든 것이 지금처럼 되어버렸는가! 그건 모두 내 탓이야!"

소문의 악마가 파리대왕이라는 것을 알게 된 사이먼은 "너희들 모두 내버려두지 않겠다"는 파리대왕의 경고에 놀라 그만 정신을 잃고 만다.

정신이 아득한 상태에서 파리대왕의 정체를 아이들에게 알리기 위해 달려가던 사이먼은, 껌껌한 밤 갑자기 달려든 그를 짐승으로 오인한 소년들의 손에 죽게 된다.

랠프의 지혜로운 친구였던 피기마저 광적인 야만인이 된 잭의 무리에게 죽임을 당한다. 이제 랠프를 찾기 위해 혈안이 된 잭과 그의 무리는 연기를 피워 사냥감을 몰이하듯 랠프를 은신처 밖으로 내몰기 위해 섬 전체에 불을 지른다.

죽을힘을 다해 모래사장까지 뛰어나온 랠프. 그 앞에 제복을 입은 해군 장교가 보인다. 정글의 불을 보고 그들을 구하러 온 것이었다. 멀리 하얀 배가 그들을 구조하기 위해 기다리고 있고, 랠프는 울음을 터뜨린다.

무인도에 불시착한 소년들이 권력을 추구하며 음모를 꾸미고 편을 갈라 살육을 저지르는 모습을 읽노라면 섬뜩해진다. 이 소설의 주제는 "인간성의 결함에서 사회의 결함, 그 근원을 찾아내려는 것"이라고 한다. 인간의 본성이 선한가, 악한가를 따지기 이전에 우리 사회, 그러니까 어른들의 모습을 이 아이들에게서 보기를 작가는 원했던 것이리라.

영어 속담에 "당신이 먹는 것이 당신이다(You are what you eat)"라는 말이 있다. 그 말을 이렇게도 바꿔볼 수 있지 않을까.

"당신이 보는 것과 듣는 것이 당신이다."

아이들의 눈에 비친 어른들의 세상은 어떤 모습일까? 지금 우리는 아이들에게 어떤 잠재의식을 심어주고 있을까? 뉴스나 신문을 보다가, 상사와 동료를 욕하다가, 누군가와 말다툼하다가 무심코 내뱉은 말이 아이들에게는 모두 하나의 세상을 이룬다. 어쩌면 우리 한 사람 한 사람은 아이들의 마음에 박히는 풍경이며, 아이들의 인생 교과서인지 모른다. 우리는 지금 아이들에게 어떤 세상, 어떤 풍경이 되어주고 있을까? 아이들이 한 장 한 장 넘기는 교과서의 어떤 내용이 되어주고 있을까?

앙드레 말로
『인간의 조건』

☑ 고통이 인간의 조건이다

"아 드디어 나는 인간을 만났다!"

"오랫동안 꿈을 그리는 사람은 마침내, 그 꿈을 닮아간다"는 명언을 남긴 앙드레 말로André Malraux, 1901~1976는 늘 역사의 한가운데에 서 있었다.

동양학과 고고학을 전공한 그는 유적 발굴단의 일원으로 인도차이나 반도로 건너간다. 이후 베트남 해방운동에 참여했고 초기 광둥 국민당 정부를 돕기도 했다. 1930년대 히틀러 나치즘이 등장하자 전체주의를 비판했다. 스페인 내전 때는 공화군에 가담해 싸웠고, 제2차 세계대전이 일어나자 레지스탕스 대원으로 활동했다.

1944년 알자스 전선에서 앙드레 말로를 처음 만난 샤를 드골 장군은 "아 드디어 나는 인간을 만났다!"고 외쳤다고 한다. 이후 두 사람은 흉금을 터놓는 친구가 되었다. 대통령이 된 드골은 그를 문화부 장관으로 임명했고, 말로는 드골이 은퇴하면서 같이 사임했다.

말로에게는 죽음의 그림자가 따랐다. 조부와 부친이 자살했고, 두 번째 아내 조제트는 사고사를 당했으며, 자동차 사고로 한꺼번에 두 아들을 잃었다. 평생 죽음의 이미지와 씨름했던 그는 75세에 폐출혈로 사망했다.

공쿠르상을 수상한 말로, 노벨문학상을 수상한 카뮈

『인간의 조건』은 1927년 중국에서 장제스가 주도한 상하이 쿠데타를 배경으로 펼쳐진다. 등장인물은 테러리스트인 첸, 러시아인 카토프, 아편에 중독된 대학교수 지조르, 지조르의 아들 기요, 기요의 아내 메이 등이다. 이들은 장제스와 함께 북방 군벌 타도를 계획했으나 사건은 계획대로 흘러가지 않는다.

소설 전반에 녹아들어 있는 고통에 대한 단상들을 주시하며 작품을 읽다 보면 인간이 느끼는 고통이야말로 인간의 조건이라고 말하는 듯하다. 앙드레 말로는 『인간의 조건』으로 1932년 프랑스 최고의 문학상인 공쿠르상을 수상했다.

카뮈가 노벨문학상을 받을 때 했던 말도 그를 유명하게 했는데, 카뮈는 자신이 노벨문학상 수상자로 결정되었다는 소식을 듣자 몇 번이고 앙드레 말로가 노벨문학상을 탔어야 했다고 중얼거렸다고 한다. 그리고 여러 사람이 모인 앞에서도 이렇게 말했다.

"내가 심사위원이었다면 나는 앙드레 말로를 선택했을 것이다."

그 말을 전해들은 앙드레 말로는 "당신의 답변은 우리 두 사람 모두의 명예"라는 말로 화답했다.

첫 장을 열면, '1927년 3월 21일 밤 10시 30분'이라고 쓰여 있고 테러리스트 첸의 살인 장면이 펼쳐진다. 폭동에 사용할 무기를 확보하기 위해 무기 중개상을 죽인 첸은 동지들이 기다리고 있는 곳으로 가서 결과를 보고한다. 그리고 살해당한 자에게서 가져온 무기 양도 명령서를 꺼내놓는다. 첸과 마찬가지로 폭동 조직원 중 한 사람인 기요가 말한다.

"드디어 내일인가?"

내일이면 상하이 쿠데타를 일으킬 혁명군(장세스가 이끄는 국민당의 군대)이 상하이에 도착하는 것이다.

또 한 사람의 조직원은 러시아인 카토프다. 그는 의과대 학생이었을 때 감옥 문을 폭파하는 일에 가담했다가 5년의 유형을 언도받기도 했다. 내일 있을 폭동을 준비하며 세 사람은 분주하게 사람들을 만나고 움직인다.

기요의 아내 메이는 중국 병원의 의사로 비밀 병원의 책임자이기도 했다. 병원에서 죽음과 고통을 지켜봐온 메이는 어느 날 다른 남자와 동침했다는 사실을 남편에게 고백한다. 기요는 곁으로는 아무렇지 않은 척하지만, 죽음만큼이나 큰 파괴력을 지닌 감정, 질투 때문에 고통스러워한다.

어머니가 돌아가신 후 기요에게 메이는 둘도 없는 반려자였다. 그는 메이를 '내가 자진하여 승낙한 반려, 정복한 반려, 선택한 반려'라고 생각하고 있었다. 본인이 어떤 일을 하건 상관없이, 그가 자신을 사랑하는 만큼, 같이 죽을 수 있을 정도로 메이가 자신을 사랑한다고 믿었다.

기요는 무기 탈취 계획이 모두 준비되었다는 연락을 받고 나간다. 메이가 입술을 내밀었지만, 기요는 어색한 키스밖에 하지 못한다. 그리고 생각한다.

'나는 그녀를 사랑하고 있는 범위 내에서, 그리고 나 자신의 사랑하는 방법으로밖에 이해하지 못해.'

첸은 자신의 스승인 지조르를 찾아간다. 대학교수인 지조르는 공산주의 지식인으로 기요의 아버지이기도 하다. 첸은 지조르에게 살인을 저지른 사실을 고백하며 묻는다.

"여자를 자기 소유물로 하고 싶으면 함께 살면 되죠. 그런데 상대가 여자가 아니라 죽음일 때는 어떻게 하지요? 역시 죽음과 동거 생활을 하는 겁니까?"

그러면서 "저는 곧 죽게 될 겁니다"라고 말하는 첸. 지조르는 그가 돌격대만으로는 만족하지 못해 테러리즘에 매혹되어가고 있다고 생각한다.

'그는 다른 사람들이 인생에 부여하고 있는 의의를 죽음에다 부여하려 하는 것이다. 그는 되도록 고귀한 죽음을 선택하려 하고 있다.'

카토프는 무기 밀수업자에게 무기를 갈취하는 데 성공한다. 무기를 실은 트럭은 돌격대 지부마다 멈춰 섰고, 상자가 하나씩 내려졌다. 기요는 우유 배달부가 되어 시내를 도는 것 같다고 생각한다.

다음 날, 폭동은 성공하고 상하이는 국민당과 공산당의 국공합작 혁명군 지휘 아래 들어갔다. 그런데 장제스가 이끄는 국민당과 공산당 사이에 분쟁이 일어나고, 장제스를 지지하는 대표부는 기요에게 무기 반환을 요구한다.

돌아서버린 장제스에게 굴복하느냐, 신념을 밀고 나가느냐. 선택의 기로에 선 기요는 어떠한 명령도 자신을 혁명가로 만든 그 심오한 정열을 만족시킬 수 없으며, 이제 혁명이 이 육체를 수많은 살인의 추억과 함께 고독의 세계로 내던지려 하고 있다고 생각한다.

소수파인 공산당이 부당한 대우를 받는 것에 분개한 첸은 혁명을 방해하는 자는 없애야 한다며 장제스를 살해하자고 한다.

"인간의 본질은 고뇌이고, 자기 자신의 숙명에 대한 의식이며, 거기서 모든 공포가 생긴다는 거야. 죽음의 공포까지도……."

기요가 첸에게 말하자 첸은 대답한다.

"사람은 항상 자기 자신 속에서 공포를 발견하는 거야. 그것은 자기 마음속을 좀 깊숙이 살펴보면 알 수 있어. 다행히 사람은 행동할 수 있거든."

행동으로 옮길 수 없다면 살아갈 수 없는 자가 첸이었다. 장제스가 점심을 먹고 나오는 거리에서 첸은 상점에서 물건을 사는 척하며 그를 기다린다. 얼마쯤 기다리자 자동차의 클랙슨 소리가 들린다. 장제스다! 그러나 첫 암살 시도는 실패였다.

한편 기요는 장제스에 대항할 전투부대를 은밀하게 조직하고 있었다. 남편의 위험을 느낀 아내 메이는 함께 가겠다고 하지만, 기요는 "당신이 할 일은 없다"며 동행을 거부한다. 그러자 메이는 "함께 위험을 무릅쓸 수 없다면 서로 사랑하는 사람들이 어떻게 죽음에 직면할 수 있겠어요?"라고 묻는다.

장제스의 자동차가 5미터 앞에 거대한 모습을 드러내자 첸은 황홀한 환희를 느끼며 폭탄 손잡이를 쥐고 차 밑으로 뛰어든다. 현장에서 체포된 첸은 총구를 자기 입에 넣고 방아쇠를 당긴다.

그런데 그 자동차에는 장제스가 타고 있지 않았다.

그 후 기요와 카토프도 체포되고, 그들은 죽음을 기다리며 고문을 당한다. 무장경찰 특무반장 쾨니히는 무기를 감춰둔 장소를 대라며 기요를 회유한다. 도대체 무엇을 인간의 존엄이라 부르느냐고 묻는 그에게 기요는 이렇게 대답한다.

"굴욕과 반대되는 것입니다."

포로수용소에 마치 짐짝처럼 부려진 사람들은 몇 명씩 불려나가 화형대로 떠밀리고, 그런 중에 기요는 메이를 떠올린다. 아내 덕분에 고뇌에서 구제된 것은 아니더라도 고독에서 구출되었다고 생각한다. 다가오는 병사들에게서 달아나는 길은 죽음밖에 없다고 여긴 기요는 청산가리를 깨물어 스스로 목숨을 끊는다.

기요의 숨이 끊어지자 카토프는 고독 속에 혼자 남은 기분이 된다. 그 고독은 강렬하고 고통스러웠다. 생애 최악의 순간에 카토프는 어디선가 읽은 이 문구를 기억해낸다.

'내가 선망하고 나를 매혹시킨 것은 탐험가의 발견이 아니라 그 고통이었다……'

카토프는 자신이 가지고 있던 청산가리를 공포에 질려 있는 동료에게 주고 자신은 산 채로 불길 속에 던져진다.

지조르는 아들 기요의 주검을 받아들고 아무도 구하지 못하는 고뇌는 어리석다고 생각한다. 그는 문을 열고 그토록 갈망해왔던 아편을 어둠 속에 던져버린다. 그리고 '마음속까지 스며든 고뇌가 살해된 아들의 시체가 들을 수 있는 유일한 기도인 것처럼' 고뇌한다.

이 소설의 등장인물들은 모두 어딘가에 중독되어 있다. 첸은 살인, 카토프는 혁명, 메이는 사랑, 지조르는 아편. 기요만이 무언가에 중독되지 않으려고 애쓴다. 그러나 인간은 결국 어떤 것에 빠져서 온몸으로 움직일 때 살아 있는 존재라고, 고통도 그중의 하나이며 어쩌면 죽음이야말로 삶에 대한 최고의 표현인지도 모른다고 이 소설은 말해준다.

이들처럼 목숨을 걸지는 않더라도, 인간이라면 뜨거운 무언가를 가슴에 품고 살아야 하는 것 아닐까? 더 이상 뜨겁지 않고 심장이 뛰지 않으며, 더 이상 행동하려 하지 않는다면 인간의 조건에 미달하는 낙제생이 되는 것은 아닐까?

간절한 열망, 내 존재를 다 던져도 좋은 절절한 갈망, 그리고 그것을 이루어내려고 하는 처절한 실천, 거기에 따르는 고통······ 그것이 인간의 조건이다.

인간의 존엄성을 지닌 사람은 이 세상을 스쳐 지나가는 삶의 관광객이 아니라, 나의 뜻에 따라 내 발로 뛰며 내 마음 가득히 아름다움을 찾아내는 삶의 여행객이어야 하리라.

어니스트 헤밍웨이
『무기여 잘 있거라』

☑ 모든 사랑은 해피엔드다

못다 한 사랑을 소설로 이루다

1918년 5월, 이탈리아 전선에 지원해서 나간 어니스트 헤밍웨이Ernest Miller Hemingway, 1899~1961는 사병들에게 초콜릿을 나눠 주다가 포탄에 맞아 부상을 입었다. 야전병원에서 밀라노 병원으로 후송된 그는 파편을 뽑아내는 수술만 십여 차례를 받아야 했다.

그 병원에서 헤밍웨이는 자신을 정성껏 치료해주던 독일계 미국인 간호사 아그네스 폰 쿠로프스키를 열렬히 사랑하게 된다. 그리고 그녀와 낭만 가득한 연애편지를 주고받는다. 하지만 그녀는 끝내 헤밍웨이의 청혼을 거절했고 그는 큰 충격을 받았다.

이때 그가 겪은 전쟁과 사랑의 경험이 『무기여 잘 있거라』에 고스란히 스며들어 있다. 그래서인지 헤밍웨이는 1929년 발표한 『무기여 잘 있거라』의 마지막 장을 서른아홉 번이나 고쳐 썼다고 한다. 그만큼 해피엔딩으로 장식하고 싶었던 것은 아닐까. 현실에서 못다 한 사랑을 소설 속에서 이루고 싶었던 건 아닐까.

전쟁의 비극을 상징하듯이, 사랑의 이별을 예감하듯이

"무기여 잘 있거라"라는 제목은 16세기 영국 시인 조지 필이 지은 「A Farewell to Arms」라는 시에서 따왔는데, 영어 단어 'arms'에는 '무기'와 '팔'이라는 두 가지 뜻이 있다. 군대 생활과의 결별과 연인과의 이별. 이 두 가지 의미를 담고 있는 제목처럼 『무기여 잘 있거라』는 전쟁에 대한 환멸을 연인의 사랑 속에 담아낸 작품이다.

『무기여 잘 있거라』 속에서는 비가 자주 내린다. 전쟁의 비극을 상징하듯이, 사랑의 이별을 예감하듯이……. 실내에서 사랑이 뜨겁게 펼쳐질 때에도 창밖에는 비가 주룩주룩 내린다. 헤밍웨이는 밀라노에 두 번 정도 갔었는데, 그때마다 비가 많이 내렸다고 한다. 그런 작가의 체험이 고스란히 녹아든 소설 속 이탈리아에도 슬픈 비가 내린다.

제1차 세계대전이 일어나고, 이탈리아 전선에 의용군으로 나간 미국 군의관 프레드릭 헨리는 어느 봄날 아침, 동료인 리날디 중위가 장난처럼 짝사랑하는 영국인 간호사 캐서린 버클리를 만나게 된다. 다음 날 버클리를 다시 찾아간 헨리는 그녀가 너무 아름다워 순간적으로 입을 맞추려고 하다가 얼굴을 맞는다. 그리고 자신을 때리고서 너무나 미안해하는 순진한 그녀와 첫 키스에 성공한다. 그렇게 장난처럼, 게임처럼 그들의 사랑이 시작된다.

작전에 투입되기 전 헨리는 캐서린을 다시 만나러 간다. 캐서린은 그가 무사하기를 바라는 마음을 담아 성 안토니오상이 새겨진 목걸이를 건넨다. 헨리는 캐서린이 준 부적과 같은 그것을 소중히 목에 걸지만, 얼마 지나지 않아 큰 부상을 입고 만다. 운전병 파시니는 그의 옆에서 죽기 전 이런 말을 남겼다.

"사람들은 모두 이 전쟁을 혐오하고 있어요. 어리석고 미련한 자들이 나라를 지배하고 있습니다. 그들은 아무것도 몰라요. 알리도 없고요. 그러니까 이따위 전쟁을 벌인 거예요."

다리에 박격포를 맞은 헨리는 야전병원에서 수술을 받고 밀라노 병원으로 이송된다. 마침 캐서린도 그곳으로 이동해 오고, 두 사람은 극적으로 다시 만나게 된다. 둘의 관계는 급속도로 가까워지고, 진심으로 그녀를 사랑하고 있음을 깨닫게 된 헨리는 이렇게 독백한다.

　'나는 그 누구와도 사랑하고픈 생각이 없었다. 그러나 사랑의 열병이 나를 사정없이 몰아붙여 사랑이라는 낭떠러지에 떨어지고 말았다.'

　캐서린은 밤이면 헨리가 누워 있는 병실로 찾아가 사랑을 나눈다. 장난처럼 시작했던 그들의 사랑은 이제 숙명이 된다. 그러던 어느 날 캐서린은 자신이 비를 무서워하는 이유를 헨리에게 털어놓는다.

　"내가 비를 무서워하는 건, 가끔 빗속에서 죽은 나를 보기 때문이에요."

　가을이 되고 헨리의 아이를 가졌다고 고백하는 캐서린. 계속 무언가를 두려워하는 캐서린에게 헨리는 그런 일은 없을 거라고 위로한다.

　"당신은 용감하니까. 용감한 사람에겐 아무 일도 일어나지 않는 거야."

부상이 완치되어 헨리가 전선으로 복귀하게 되고, 두 사람은 가슴 아픈 이별을 한다. 헨리는 비가 내리는 전장에서 캐서린을 그리워한다.

'밤새도록 비가 어지간히도 퍼붓는구나. 내 애인, 사랑하는 캐서린을 가슴에 안고 자게 되기를. 내 사랑 캐서린! 그녀를 비가되게 하여 내 곁으로 보내주소서.'

독일로부터 지원군이 도착하자 오스트리아군은 기세가 등등해졌고 전세가 뒤집힌다. 전투에서 이탈리아군이 대패해 총퇴각하던 중 헨리는 반역 행위 혐의를 받고 총살당할 위기에 처한다. 다른 장교들이 총살당하고 있을 때 헨리는 강을 향해 내달려 물속으로 뛰어든다.

차가운 물속에 잠긴 그의 절망감 위로 총성이 들린다. 헨리는 나무토막을 발견하고는 거기 매달린 채 물살에 몸을 맡긴다. 다리와 머리가 모두 마비되는 듯한 고통 속에서도 헨리는 오직 캐서린만 생각한다.

마음을 다잡으며 덜컹거리는 화차 바닥에 누운 헨리는 이제 자신은 세상에 없는 사람이 되고 말았음을 자각한다. 헨리 중위는 죽었다고 보고될 것임이 분명했기에.

밀라노에 도착한 헨리는 어렵게 캐서린을 만난다. 두 사람은 깊은 밤, 헌병들의 추격을 피해 보트를 저어 호수를 횡단한다. 그리고 스위스로의 탈출에 성공한다.

전쟁은 끝나지 않았으나 헨리는 전쟁과 결별했다. 그리고 캐서린의 사랑으로 평화를 되찾았다. 그러나 아름다운 스위스에서 헨리와 캐서린에게 주어진 행복의 시간은 너무나 짧았다. 캐서린이 출산을 위해 찾은 병원에서 수술을 받게 되고 결국 아이를 사산한 것이다. 그리고 그녀도 과다 출혈로 사망하고 만다. 혼자 남은 헨리는 비를 맞으며 쓸쓸하게 호텔로 돌아간다.

다른 그 무엇도 두렵지 않았고, 오직 함께 있는 시간의 부재만이 두려웠던 두 사람. 세상은 미친 전쟁 중이었지만 그들은 사랑으로 그들만의 평화를 만들어냈다. 그러나 죽음은 끝내 그 평화마저도 길게 허락하지 않았다. 그래서 헤밍웨이는 그의 작품 『오후의 죽음』에서 이렇게 말했나 보다.

"서로 사랑하는 사람은 해피엔드를 맛볼 수 없다. 죽음이란 것이 반드시 찾아들어 남는 자는 사랑을 잃어야 하기 때문이다."

두 사람이 정말 깊이 사랑하고 있다면, 그 사랑에 해피엔드는 있을 수 없다고 헨리 중위는 빗속을 걸으며 빗물에 젖은 얼굴로 얘기한다. 그러나 캐서린의 사랑으로 헨리는 전쟁의 비극을 뛰어

넘는 힘을 얻게 되었다.

인류의 비극을 씻어주는 힘은 사랑이라고, 그러니 모든 사랑은 해피엔드라고, 한 남자를 신앙처럼 사랑했던 캐서린이 헨리의 말을 정정해준다.

어니스트 헤밍웨이
『누구를 위하여 종은 울리나』

☑ 종은 그대를 위하여 울린다

직접 전쟁에 뛰어든 뒤 그 체험을 소설로 쓰다

1940년 출간된 어니스트 헤밍웨이Ernest Miller Hemingway, 1899~1961
의 장편소설 『누구를 위하여 종은 울리나』는 작가의 직접적인 체험을
바탕으로 쓰인 작품이다. 헤밍웨이는 역사 속에 직접 뛰어들어 체험
한 뒤 그 경험을 소설로 써서 알렸다.

제1차 세계대전 때는 『무기여 잘 있거라』를, 1936년 스페인 내전 때는
『누구를 위하여 종은 울리나』를 썼는데, 모두 작가의 체험에서 나온
작품이다. 그중 스페인 내전을 배경으로 한 『누구를 위하여 종은 울리
나』는 1937년 5월 말의 토요일 오후부터 그다음 화요일 낮까지, 3일간
일어난 일을 그리고 있다.

헤밍웨이는 스페인 내전 때 파시스트에 대항하여 스페인 공화파에 가
담하였고 전쟁에서 부상을 입기도 하였다. 전투 장면에 대한 묘사가
얼마나 구체적이고 생생한지, 이 작품이 판매 금지 목록에 오를 정도
였다고 한다.

"종은 그대를 위하여 울리는 것이다"

『누구를 위하여 종은 울리나』의 제목은 영국의 시인이며 신학자인 존 던의 『신앙록』 제17절의 내용에서 따온 것이다.

"그 누구도 외로운 섬은 아니며 그 누구도 혼자서는 완전하지 못하다. 사람은 누구나 대륙의 한 조각, 본토의 한 부분. 그 한 조각의 땅덩이가 파도에 씻기면 씻긴 만큼 유럽은 작아진다. 마치 갑岬이 작아지듯이. 마치 그대 자신이나 그대 친구들의 농장이 작아지듯이. 그 누구의 죽음은 나를 죽임과 같다. 나 또한 인류의 한 부분이기 때문에. 그러니 묻지 말라. 누구를 위하여 종은 울리느냐고. 종은 그대를 위하여 울리는 것이다."

여기서 말하는 종은 사람이 죽었을 때 울리는 종을 뜻한다. 누구도 혼자서 완전할 수 없으므로 실제로 죽은 이가 누구이건 우리는 모두 조금씩 죽어가고 있다고 헤밍웨이는 제목을 통해 말하고 있다.

스페인 내전이 일어나자 미국의 대학교수인 로버트 조던은 자신의 신념을 실천하기 위해 자원입대한다. 그리고 협곡 사이의 철교를 폭파하는 임무를 맡게 된다. 그 과정에서 세고비아 남쪽 과다라마 동굴 지대에서 활약하고 있던 게릴라들의 도움을 받게 되는데, 조던은 여기서 청순하고 아름다운 처녀 마리아를 만난다.

마리아는 작은 지방 도시의 시장인 아버지 밑에서 곱게 자랐으나 파시스트의 반란으로 부모가 눈앞에서 처형되는 것을 지켜보아야 했다. 파시스트들에게 능욕까지 당하고 열차에 실려 가던 중이었는데, 게릴라 부대의 열차 폭파로 구출되어 산속에 오게 된다.

갑작스레 많은 비극을 겪었지만 여전히 순수한 마리아의 모습이 조던의 가슴을 흔들어놓고, 달빛이 푸른 밤 침낭 속에서 잠들려고 하던 조던의 옆으로 마리아가 다가온다. 그리고 둘은 첫키스를 나눈다. 마리아가 묻는다.

"키스할 때 코는 어디다 둬야 하죠?"

유격대의 도움으로 철교 폭파 작전이 진행되는 사이, 마리아와 조던의 사랑도 깊어간다.

"만약 당신이 나를 사랑해주지 않는다면, 내가 두 사람 몫만큼 사랑하겠어요."

이렇게 말하는 마리아에게 조던은 둘이 함께 마드리드에 가서 호텔에서 위스키도 마시고 옷도 사고 사랑도 나누고 싶다고 말한다. 그러자 마리아는 둘이서 한 달 동안 방에 틀어박혀 아무 데도 나가지 말자고 말한다.

내일 일도 알 수 없는 위험천만한 때, 조던과 마리아는 마드리드에서 살아갈 행복한 날들을 꿈꾼다. 조던은 고백한다.

"우리들이 싸워서 지켜온 모든 것을 사랑하는 것처럼 당신을 사랑해. 자유와 존엄, 모든 사람이 일할 권리, 굶지 않을 권리를 사랑하는 것처럼 당신을 사랑해. 우리가 지켜낸 마드리드를 사랑하는 것처럼. 죽어간 나의 동지들을 사랑하는 것처럼……. 이 세상에서 내가 가장 사랑하는 것을 사랑하듯이 당신을 사랑해. 그 이상으로 당신을 사랑해."

마리아가 좋은 아내가 되고 싶다며 자신에게 바라는 게 없느냐고 묻자 조던은 대답한다.

"없어. 내가 바라는 건 둘이 함께하는 거야. 당신을 떠나서는 바라는 것이 있을 수 없어."

밤새 내리던 눈이 그치고 맑게 갠 아침, 적의 선두 전차가 철교에 도착하자 폭음이 들린다. 철교는 두 동강으로 끊어지고 전차는 낭떠러지 아래로 떨어진다. 철교 폭파 작전이 성공한 것이다. 그러나 맹렬한 적의 반격으로 아군도 거의 전멸되다시피 한다. 살아남은 사람은 조던, 필라르와 게릴라인 파블로, 그리고 마리아와 몇몇 집시들뿐.

그들은 바위 그늘에 몸을 숨기고 적의 시야에서 탈출할 계획을 세운다. 조던은 불안한 위험 속에서 생각한다.

'지금, 지금, 지금. 아, 지금, 지금, 다른 모든 것보다도 오직 지금만이. 지금의 너밖에는 없고 다른 것은 아무것도 없다.'

그녀와 함께 있는 지금을 붙들고 싶은 그의 소망은 그리 오래 가지 못한다. 적의 포탄에 맞아 다리에 중상을 입은 조던은 탈출을 포기하고 마리아를 보내기로 결심한다.

"잘 들어. 이제 우리 마드리드에는 갈 수 없게 됐어. 하지만 난 당신이 가는 곳이면 어디든 뒤따라가겠어."

혼자 갈 수는 없다며 울부짖는 마리아에게 조던은 말한다.

"당신이 가면 나도 가는 거야. 당신이 있는 곳엔 어디에나 내가 있어. 당신은 곧 나야. 그러니 우린 작별 인사를 할 필요가 없어. 우린 헤어지는 게 아니니까."

그래도 절대 당신을 두고 떠날 수 없다는 마리아에게 "이제 당신이 나의 인생을 사는 것"이라 말하며 조던은 그녀를 겨우 떼어 보낸다. 마리아를 말에 태운 파블로가 가죽 채찍으로 말 엉덩이를 후려치고, 그녀를 태운 말은 빠르게 달리기 시작한다.

조던은 가물가물해져가는 의식을 붙잡고 산 밑으로 까맣게 몰려오는 적들이 마리아를 그리고 동지들을 쫓는 것을 막기 위해 기관총을 든다.

어디에서 무엇을 하든 마음에 이 두 가지를 담고 있으면 된다. 우선 신념. 지저분한 전쟁이 터지고 살육이 일어나고 사랑을 갈라놓고 욕망과 뒷거래가 들끓고 질시와 증오와 음모가 있는 세계, 그런 곳이라고 해도 세계는 훌륭하다는 신념. 그러니 그것을 위해 일할 수 있다는 신념이 있어야 한다.

그리고 사랑. 이 순간을 간절히 붙들고 싶어지는 사랑, 미래를 꿈꾸게 하는 사랑, 운명이 갈라놓는다 해도 언제나 함께하는 사랑이 있어야 한다. 그렇게 두 가지만 마음에 존재한다면 지금 들리는 종소리가 누구를 위해 울리는지 묻지 않아도 된다. 종은 언제나 그대를 위해 울리는 것이니까.

존 스타인벡
『분노의 포도』

☑ 서로의 영혼에 기대어 살아가라

"사람들의 영혼 속에는 분노의 포도가 가득했네"

1930년대 리얼리즘을 대표하는 작가 존 스타인벡John Steinbeck, 1902~1968은 1939년 그의 최대 걸작 『분노의 포도』를 발표하면서 미국의 대표적인 작가로 부상했다. 이 작품으로 퓰리처상을 수상하고 1962년 노벨문학상을 수상하면서 그는 어니스트 헤밍웨이, 윌리엄 포크너와 어깨를 나란히 하게 되었다.

『분노의 포도』는 1930년대 미국의 대공황 직후의 핍박받고 소외당한 사람들을 그리고 있다. 작품의 제목은 줄리아 워드 하우의 시 「공화국 전투 찬가」 중에서 이 구절을 따온 것이다.

"사람들의 영혼 속에는 분노의 포도가 가득했고 가지가 휠 정도로 열매를 맺었네."

금서, 베스트셀러가 되다

대공황 시기 이주 소작농의 처참한 현실을 고발한 『분노의 포도』는 출간되자마자 사회적으로 엄청난 파장을 일으켰다. 작품의 무대가 된 캘리포니아와 오클라호마의 언론들이 비난을 퍼부었고, 수많은 도서관에서 금서로 지정되었다.

자본가와 지주들에게 위험한 계급의식을 고취하는 불온서적으로 인식되었던 것이다. 심지어 오클라호마 출신인 한 하원의원은 의회에서 규탄 연설을 했고 지주들은 곳곳에서 이 책을 불태우기도 했다.

이러한 부유층의 반발은 오히려 독자들의 궁금증을 자아냈고, 『분노의 포도』는 당대의 인기작 『바람과 함께 사라지다』를 제치고 베스트셀러 1위에 올랐다. 이후 캘리포니아 이주 노동자들에 대한 대중의 관심이 커져 의회에서도 그 문제가 다루어진 바 있다.

미국 오클라호마주의 광활한 농장에는 옥수수와 목화가 무럭무럭 자라고 있었다. 그러나 조드 일가는 대공황과 홍수, 가뭄을 겪은 후 대지주에게 집과 땅을 빼앗긴다. 그리고 대지주로부터 땅을 사들인 은행과 기업들은 더 많은 이윤을 남기기 위해 트랙터로 그들 삶의 터전을 밀어버린다. 하루아침에 모든 것을 잃어버린 이들은 당장 어떻게 살아가야 할지 고민에 빠진다.

삶의 터전을 빼앗긴 소작농들에게 남은 것이라곤 부양해야 할 가족과 일할 수 있는 몸뚱이뿐. 그때 접한 서부 지방의 구인 광고는 그들이 쥘 수 있는 마지막 카드였다. 넉넉한 보수에 과일이나 목화 수확 같은 손쉬운 일거리가 있고, 따뜻하고 과수가 무성한 그곳은 농사라면 자신 있는 그들에겐 행운의 장소였다.

'그래 거기서 몇 달만 일하면 새하얀 집에 땅뙈기 하나 마련할 수 있을 거야. 그렇게 살면 걱정할 게 뭐 있어? 그깟 과수원 일이야 식은 죽 먹기지!'

세간살이를 팔아서 마련한 중고 트럭을 타고 그들은 캘리포니아로 향한다. 이 무렵 형무소에 들어갔던 아들 톰 조드가 가석

방되어 나오고, 산에서 홀로 수행을 하다 나온 목사 짐 케이시와 만난다. 이 두 사람도 함께 고향을 떠나기로 한다. 그렇게 고난의 여행이 시작된다.

2천 마일의 길을 가기 위해 모포와 취사도구만을 싣고 산맥을 넘고 사막을 횡단하는 동안 그들은 조부모를 차례로 잃었다. 하지만 장례를 치를 여유도 없이 계속 달려야만 했다. 나약한 맏아들은 일찌감치 도망쳤고, 나이 어린 사위도 임신한 아내를 놔두고 달아났다. 겨우 캘리포니아에 도착했을 땐 그야말로 돈 한 푼 없는 빈털터리가 되고 만다. 어머니는 한탄한다.

"돈을 번다 한들 그까짓 게 무슨 소용이야. 우리한테 중요한 건 식구들이 헤어지지 않는 거야."

하지만 그곳에서 그들을 기다리고 있었던 것은 배고픔과 질병, 혹독한 노동 착취였다. 그들처럼 미국 중부에서 쫓겨난 수만의 노동자들이 캘리포니아로 밀려들어 임금이 곤두박질쳤던 것이다. 동맹파업이 잇따르고, 대지주들은 자경단을 조직해 이들을 폭력으로 탄압한다.

케이시가 실업자 캠프에서 자경단에게 맞아 죽자, 톰은 자경단원을 살해하고 쫓기는 몸이 된다. 어머니가 안타까워하면서 널 언제 다시 보느냐고 하자 톰은 이렇게 말한다.

"난 어둠 속 어디에나 가 있을게요. 어디든지 가 있을게요. 어머니가 돌아보는 곳 어디에나, 배가 고픈 사람들이 먹고살려고 싸우는 자리에는 그게 어디든 가 있을게요. 보안관 놈이 누굴 때리는 자리에는 언제든지 가 있을게요. 모두가 화가 나서 아우성치는 자리에 가 있을게요. 저녁식사가 기다리고 있는 것을 알고 어린아이들이 웃을 수 있는 곳에 가 있을게요. 우리 식구들이 손수 만든 것을 먹고, 손수 지은 집에 살게 될 때 나는 거기가 있을게요."

그러면서 그는 말한다.

"인간 하나하나는 아무런 소용도 없다는 걸 알아요. 두 사람이 같이 누우면 온기를 나눌 수 있잖아요."

톰이 떠난 후 설상가상으로 농장에는 홍수가 밀어닥친다. 아버지는 절망에 빠져 다 끝났다며, 이제는 죽음을 기다리는 수밖에 없다고 말한다. 그러나 어머니는 말한다.

"우리는 죽지 않아요. 배가 고파도, 몸이 아파도, 죽어가는 사람이 있어도, 그래도 살아남는 사람들은 더 강해져요. 오늘 하루만, 하루만 살아남기 위해 노력한다면……"

굶주림에 시달리고 있는 그들 앞에 포도는 이미 아름다운 열매가 아니었다. 그것은 노동자들에게 분노의 포도였다.

그 와중에 딸 로저산이 사산을 한다. 슬픔에 잠길 여유도 없이 강물이 범람해 남은 가족들은 헛간으로 피한다. 큰비가 내리면 일자리가 없어지고 굶주림이 더 길어질 것이기에 절망은 더욱 깊어진다.

그런데 비를 피하는 움막 안에 굶어 죽어가는 한 중년 남성이 있었다. 로저산은 그의 머리를 안고 부푼 젖을 물린다. 절망 속에서도 따뜻한 인간애는 살아 있다는 메시지를 전하며 이 소설은 막을 내린다.

어쩌면 우리의 삶은 가뭄과 모래 폭풍, 홍수가 끝없이 이어지는 길인지도 모른다. 어떤 시련이 우리 앞에 놓여 있을지는 아무도 알 수 없다. 어둠 속에 있으면 절망밖에 보이지 않는다.

하지만 작가는 작품 속 어머니의 목소리를 통해 절망을 이겨내는 비법을 건넨다. 살아 있다면, 어떡하든 살아남을 수만 있다면 더욱 강해질 수밖에 없는 거라고. 대신에 인간은 혼자서는 하나의 조각에 불과하니 서로의 영혼에 기대어 살아가라고.

결국 운명도 선택이다. 절망을 택하느냐, 희망을 택하느냐. 거기에서 행운과 불운이 나뉜다.

마거릿 미첼
『바람과 함께 사라지다』

✔ 내일은 내일의 태양이 뜰 거야

미국 문학사상 최고의 이야기꾼

미국 문학사상 최고의 이야기꾼으로 불리는 마거릿 미첼Margaret Munnerlyn Mitchell, 1900~1949은 변호사의 딸로 태어나 미국 남부의 전통적인 분위기 속에서 성장했다. 그녀의 오빠 역시 변호사였는데, 역사에 조예가 깊은 오빠의 영향으로 역사에 관심을 갖게 되었다.

열 살 때부터 소설과 희곡을 쓰기 시작한 미첼은 의학을 지망하여 매사추세츠주의 스미스 칼리지에 다녔으나, 어머니의 사망으로 귀향한다.

1925년 결혼 후부터는 남북전쟁과 전후의 재건 시대를 배경으로 한 역사소설 『바람과 함께 사라지다』를 10년이 넘도록 계속 집필하였다. 그리고 이 작품으로 1937년 퓰리처상을 받았다.

그러나 미첼은 그 후 더는 작품을 쓰지 못했고, 1949년 8월 애틀랜타에서 교통사고를 당한 지 5일 만에 49세의 나이로 사망했다.

내일은 내일의 태양이 뜬다

미국의 남북전쟁을 배경으로 펼쳐지는 사랑의 웅장한 서사시 『바람과 함께 사라지다』는 다른 제목을 달고 출간될 뻔했다.

원래 작가가 정했던 제목은 소설의 마지막에 등장하는 여주인공 스칼렛 오하라의 대사 '내일은 내일의 태양이 뜬다Tomorrow is Another Day'였다. 하지만 출판사에서 영국의 시인 어니스트 다우슨의 시 가운데 한 구절인 '바람과 함께 사라지다Gone with the Wind'를 제목으로 정했던 것이다.

출간 직후부터 큰 인기를 끈 이 작품은 영화로도 만들어졌는데, 비비언 리 주연의 영화 「바람과 함께 사라지다」는 오스카에서 아카데미 작품상을 비롯해 10개 부문을 휩쓴 바 있다.

이 소설은 1861년, 타라 농장에서 시작된다. 농장주의 딸인 아름답고 똑똑한 처녀, 스칼렛 오하라가 좋아하는 남자는 오직 애슐리뿐이었다. 하지만 애슐리는 착한 여자 멜라니와 약혼을 발표한다.

스칼렛이 파티에서 그를 유혹하고 호소도 해보았지만 소용이 없었다. 스칼렛은 그를 서재로 불러내 마음을 고백하고 "나와 결혼해야 한다"고 말한다. 그러자 애슐리는 대답한다.

"스칼렛. 당신은 남자의 모든 것, 그의 육체와 그의 마음과 그의 영혼과 그의 생각을 모두 원할 거요. 그런 것들 중에 하나라도 얻지 못하면 불행해질 거요. 그런데 나는 당신에게 그 모든 것을 줄 수가 없소. 내가 갖고 있는 모든 것을 그 어떤 사람에게도 주고 싶지 않으니까. 게다가 나는 당신의 모든 것을 원하지도 않소. 그러면 당신은 상처를 받게 될 것이고, 결국 나를 미워하게 될 거요."

멜라니를 사랑하느냐는 스칼렛의 물음에 "그녀는 나와 많이 닮았소. 그녀는 내 피의 일부이기도 하고, 우리는 서로 잘 이해

합니다"라고 답하는 애슐리. 어떤 말을 해도 자신의 마음을 받아들여주지 않고 악수를 청하듯 손을 내밀자 스칼렛은 그의 뺨을 후려친다. 애슐리가 밖으로 나가고 화가 난 스칼렛은 꽃병을 벽난로에 던져 깨버린다.

그때 누군가 소파에서 몸을 일으키는데, 그가 레트 버틀러였다. "본의 아니게 엿들은 논쟁으로 단잠을 깬 것만 해도 억울한데 생명의 위협까지 받아야 하느냐"는 말에 스칼렛은 염탐을 하다니 당신은 진정한 신사가 아니라고 쏘아붙인다. 그러자 "잘 보셨습니다"라고 하는 버틀러. 스칼렛은 죽일 수만 있다면 죽이고 싶을 정도로 그가 얄미웠다.

스칼렛은 홧김에 자포자기하는 심정으로 2주 후 자신을 쫓아다니던 찰스 해밀턴과 결혼해버린다. 하지만 찰스는 남북전쟁에 나가 전사하고, 두 달 만에 과부가 된 스칼렛에게 레트 버틀러는 끈질기게 구애한다. 그는 전쟁을 기회 삼아 승승장구하는 현실주의자로, 점점 더 큰 부자가 되어간다.

스칼렛은 아들을 낳고 아들에게만 충실해보려 하지만, 지루한 것을 참지 못하고 애슐리와 멜라니의 집이 있는 애틀랜타로 간다. 애슐리는 전선에 나가고 없었다. 스칼렛은 멜라니와 함께 병원에서 부상당한 군인들을 위해 붕대를 감고 일을 한다. 그러다 북군이 애틀랜타까지 밀어닥치자 스칼렛은 레트의 도움으로 불타는 도시를 떠나 다시 타라로 향한다.

그러나 타라도 옛날의 타라가 아니었다. 어머니는 전쟁 중에 병으로 돌아가시고 아버지는 무력한 상태였다. 스칼렛은 타라의 옛 영광을 재현하기 위해 노력한다. 그러다 농장을 잃을 위기에 처하자 돈 때문에 다른 남자를 선택하기도 하지만 그녀의 마음은 언제나 애슐리를 향해 있었다.

'이것은 현실이 아니야. 사실일 리가 없어. 악몽이야. 내가 정신을 차리게 되면 악몽이었다는 것을 알게 될 거야. 그래. 지금은 생각하지 말자. 나중에 생각하자. 내가 참을 수 있게 될 때…… 애슐리의 얼굴을 보지 않게 될 때!'

다른 남자는 마음만 먹으면 다 자신의 것이 되었지만 애슐리만은 손에 넣을 수 없었다. 그래서 더욱 안타까웠다.

스칼렛은 두 번째로 남편을 잃은 후 레트와 결혼하지만 무정하게 대하며 그에게 마음을 내주지 않는다. 이에 지쳐버린 레트는 그만, 그녀의 곁을 떠나버린다. 멜라니가 죽고 난 후 너무나 약해진 애슐리를 보며 스칼렛은 생각한다.

'그는 내 상상의 세계 말고는 현실적으로는 전혀 존재한 적이 없어. 난 예쁜 옷들을 지어내고 그 옷들을 사랑했지. 그토록 미

남이고 그토록 남들과 다른 애슐리가 말을 타고 나타나자 나는 그 옷을 억지로 애슐리에게 입혔어. 그의 몸에 맞건 말건 억지로 입혔어. 난 예쁜 옷을 계속 사랑한 거야. 애슐리를 사랑한 게 아니었어.'

자신이 그토록 그리워한 사람은 애슐리가 아니라 한낱 허상이었음을 알게 된 스칼렛. 그제야 비로소 그녀는 레트에 대한 사랑을 느끼고 이렇게 생각한다.

'그에게 말할 거야. 내가 얼마나 사랑하는지…… 얼마나 바보 같았는지……'

하지만 레트는 그녀에게 냉정하게 말한다.

"더 이상은 사랑할 수 없을 만큼 당신을 사랑해왔어. 하지만 그 마음을 당신이 깨닫게 할 수 없었지. 나는 깨진 파편을 주워 모아 아교로 붙이면 다시 신품이 될 수 있는 인간이 아니야."

레트는 그렇게 떠나버린다. 그러나 스칼렛은 물러나지 않고 그를 반드시 되찾겠다고 다짐한다. 그러면서 그 유명한 마지막 독백을 한다.

"모든 것은 내일 타라에서 생각하기로 하자. 그를 되찾는 방법도 내일 생각하기로 하자. 내일은 새로운 태양이 뜰 테니까……"

가장 안타까운 사랑은 한 박자 늦게야 자신이 상대를 사랑한다는 사실을 발견하는 '박치의 사랑'이 아닐까? 바라보고 또 바라보다 상대는 이제 그만 지쳐서 떠나버린다. 그 사람이 등을 돌리고 나서야 자신의 감정을 확인하는, 박자를 놓쳐버린 사랑은 허망하다.

그러나 스칼렛 오하라는 늘 깨닫고 나면 한 박자 늦는 인생 박치들에게 희망을 준다. 내일은 내일의 태양이 뜰 테니, 내일의 태양 아래 다시 사랑을 시작해도 좋다고. 다시 인생을 시작해도 좋다고.

에리히 마리아 레마르크
『개선문』

☑ 어두운 마음을 밝히는 것은 사랑이다

냉혹한 시대를 따뜻한 심장으로 살았던 휴머니스트

독일에서 태어난 에리히 마리아 레마르크Erich Maria Remarque, 1898~1970는 『개선문』의 주인공 라비크처럼 해외로 망명한 경험이 있다. 그는 18세 때 징집되어 1차 세계대전에 참전했고, 부상을 입어 후방으로 이송되었다. 그리고 곧 종전을 맞이했다.

그의 첫 소설인 『서부 전선 이상 없다』는 르포 형식의 반전소설로 한 병사의 경험담을 통해 전쟁의 참혹하고 잔인함을 서술하고 있다. 그의 이러한 반전사상은 당시 세력을 키워가던 나치 세력과 부딪칠 수밖에 없었고, 나치가 집권하자 그의 책들은 히틀러의 금서 목록에 올라 불살라진다.

이후 레마르크는 조국에서 시민권을 박탈당한 채 국적도 없이 스위스로, 미국으로 망명을 다닌다. 그는 소외와 추방, 고통의 세월을 살면서도 작품 속에서 인간의 사랑을 그린, 냉혹한 시대를 따뜻한 심장으로 살아갔던 휴머니스트였다.

개선문 앞 선술집에서 칼바도스를

외과 의사 라비크의 망명 생활과 사랑, 복수를 담고 있는 레마르크의 『개선문』에는 감정을 시멘트로 덮어버리고 심장은 차갑게 냉각시키고 이름마저 지운 채 냉소를 짓는 남자, 라비크가 등장한다. 그리고 오로지 사랑밖에 모르는 여자, 조앙이 등장한다.

불법체류자의 신분으로 살며 불법 의료 시술로 밥벌이를 하는 라비크의 유일한 사치는 사과 브랜디인 칼바도스를 마시는 것이었고, 칼바도스는 두 사람의 사랑을 연결해주는 매개체가 된다.

『개선문』을 읽은 많은 독자들은 파리에 가면 라비크가 주문했던 칼바도스를 마시며 어느 망명자의 쓸쓸한 눈빛을 떠올리곤 한다.

제2차 세계대전의 전운이 감도는 파리, 나치 강제수용소를 탈출해서 불법 입국한 독일의 외과 의사 라비크가 쓸쓸한 거리를 걸어간다. 그는 망명 전 베를린의 큰 종합병원에서 외과 과장으로 일했지만, 지금은 파리의 뒷골목에서 무면허 외과 수술을 하며 생계를 꾸려가고 있다. 그가 살아가는 목적은 단 하나다. 자신을 체포해 고문하고 옛 연인을 죽게 한 게슈타포 하케에게 복수하는 것.

어느 날 밤 개선문 주변을 걷는 그의 앞에 한 여인이 나타난다. 위태롭고 공허해 보이는 아름다운 여자는 휘청거리며 그의 곁을 지나가고, 라비크는 센강에 몸을 던지려는 그녀를 구한다. 그녀의 이름은 조앙 마두. 라비크는 그녀를 선술집으로 데리고 가서 함께 칼바도스를 마신다. 그리고 조앙을 극장식 주점인 셰에라자드에 취직시켜준다.

망명자들이 들끓는 호텔에서 겨우 연명해가는 임시 생활자 라비크의 고독한 삶에 그가 즐겨 마시는 사과주 칼바도스의 향기와 같은 사랑이 스며든다. 그는 자신에게 사랑을 고백하는 조앙에게 끌리면서도 차갑게 대한다.

조앙이 "사랑이란 함께 있는 거라고 생각해요. 영원히"라고 말하자, 라비크는 영원이란 낡은 동화일 뿐이라며, 단 1분도 잡아둘 수 없다고 생각한다. 조앙은 곁을 주지 않는 라비크에게 "당신은 바위가 아니에요. 콘크리트 덩어리예요"라고 말하며 자신을 사랑해달라고 호소한다.

그러던 어느 날 라비크는 사고를 당한 여자를 돕다가 불법체류자임이 들통나서 스위스로 추방당한다. 그는 곧 돌아올 것이라고 말했지만, 그사이 조앙은 불안감에 휩싸여 다른 남자를 만나고 영화배우인 그 남자 덕에 조연 배우가 된다.

라비크는 갖은 수단을 동원해 두 달 만에 파리로 돌아온다. 하지만 조앙은 다른 남자와 결혼해 있었다. 자신에게 사랑한다고 말하는 조앙에게 그는 냉정하게 말한다.

"한 놈은 도취와 즉흥적인 사랑, 또는 출세를 위해 필요한 도구이고, 또 한 놈은 보다 깊고 다르게 사랑한다고 말하면서 휴식 시간을 위한 안식처로서 소유하고자 하다니. 그만해줬으면 좋겠어. 당신은 너무 많은 종류의 사랑을 하는군."

조앙을 잃고서 매일 술로 슬픔을 달래던 라비크는 우연히 레스토랑에서 게슈타포 하케를 만나게 되고, 결국 그를 유인해 자

신의 손으로 원수를 처단한다. '복수도 했고 사랑도 가졌다. 그
것으로 충분했다. 모든 것이 다 좋았다. 나는 한 사람을 사랑했
고 그 사람을 잃었다. 나는 다른 한 사람을 증오했으며, 그를 죽
였다'고 그는 생각한다.

허탈한 상태로 집에 도착했는데 조앙이 와 있었다. 그런데 그
녀는 피를 흘리고 있었다. 라비크에게 가려는 조앙을 향해 남편
이 총을 쏜 것이다. 라비크가 그녀를 수술하지만 조앙은 이미 구
할 수 없는 상태였다. 조앙은 죽어가며 그에게 말한다.

"당신이 절 처음 보았을 때…… 그때 전…… 어디로 가야 할
지 통 모르고 있었어요. 당신이 일이 년을 제게 주신 거예요. 이
건…… 선물받은 시간이었어요."

생명의 불꽃이 꺼져가는 조앙에게 라비크는 얼음 같은 심장
을 열어 고백한다.

"당신은 늘 나와 함께였어. 내가 당신을 사랑했을 때나 미워했
을 때나, 혹은 아주 무관심한 것처럼 보였을 때나 당신은 언제
나 나와 함께였어. 당신이 없었더라면 나는 더욱 외로웠을 거야.
당신은 내게 빛이었고 감미로움이었고 고통이었어. 당신은 나
를 흔들어주었고, 나에게 당신과 나 자신을 주었어. 당신이 나를
살아가게 한 거야."

만나는 동안 그들은 언제나 빌려온 언어로 대화를 했다. 그러나 마지막 순간 조앙과 라비크는 자신도 모르게 자신의 말로, 각자의 모국어로 이야기한다. 무슨 말을 하는지 알아들을 수는 없었지만, 그 어느 때보다 서로를 잘 이해한 순간이었다.

혼자 남은 라비크는 얼마 후 프랑스 경찰에 체포되고, 다른 피란민들과 함께 트럭에 실려 프랑스의 강제수용소로 끌려간다. 트럭은 등화관제된 어두운 거리를 달려 에투알 광장으로 빠져나간다. 광장은 어둠만이 짙었다. 소설의 마지막은 이렇게 장식된다.

"너무 어두워서 개선문조차 이제 보이지 않았다……"

따뜻한 심장을 냉혹한 가면으로 가린 채 살아가야 했던 남자. 가명으로 살아가며 잊고자 했지만 도저히 잊히지 않는 옛일 때문에 괴로워했던 남자.

"무더운 여름과 푸르른 가을 동안 노르망디의 바람 거세고 역사가 오랜 과수원의 사과들을 내리쬐던 햇빛아, 자, 함께 가자. 우린 네가 필요해. 우주 어느 곳에선가 폭풍우가 몰아친다."

술병에게 이렇게 말하며 칼바도스를 마시던 라비크. 트렌치 코트의 깃을 올리고 칼바도스에 취한 채 파리의 거리를 걸어가는 그가 냉소 속에 숨겨진 따뜻함으로 전해준다. 우리가 살아가는 일은 등화관제된 광장을 걷는 일처럼 어둡고 캄캄한 일인지도 모른다고. 하지만 어두운 거리를 밝혀주는 그것이 있어 우리는 살아갈 수 있다고. 그것은 바로 사랑이라고.

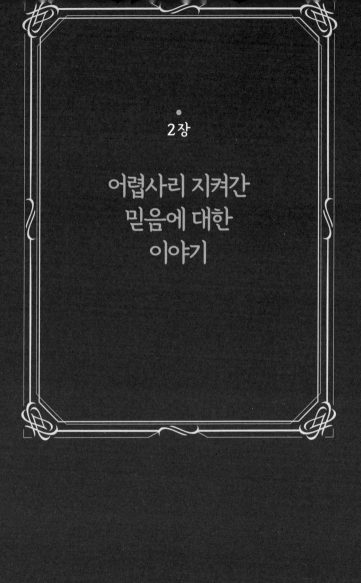

2장

어렵사리 지켜간
믿음에 대한
이야기

요한 볼프강 폰 괴테
『파우스트』

✔️ 날마다 싸워서 얻는 자만이 누릴 수 있다

불후의 명작을 탄생시킨 원동력은 사랑

요한 볼프강 폰 괴테Johann Wolfgang von Goethe, 1749~1832로 하여금 명작을 쓰게 한 동력은 사랑이었다. 특히 72세에 17세 소녀인 울리케 폰 레베츠프와 사랑에 빠진 일은 문학사적 사건이었다.

사랑의 열정으로 고통스러워하던 괴테는 2년 후 울리케가 19세가 되자 오랜 친구인 대大공작을 통해 그녀의 부모에게 결혼을 허락해달라고 간청한다. 하지만 결국 그의 사랑은 받아들여지지 않았고, 괴테는 이별의 고통에 몸서리쳤다.

사랑의 실패로 인한 참담한 고통은 그로 하여금 생애 최고의 연애시인 「마리엔바트의 비가」를 쓰게 한다. 이후 괴테는 실연의 슬픔을 딛고 생의 마지막 불꽃을 피운다. 『파우스트』 제2부를 쓴 것이다. 괴테는 이 작품을 완성하고 그다음 해에 숨을 거두었다.

☑️ **명작 비하인드**

24세 때 쓰기 시작해 82세에 완성한 『파우스트』

『파우스트』는 괴테가 24세의 나이에 쓰기 시작해서 82세에 완성한 필생의 대작이다. 50여 년에 걸쳐 완성된 이 작품에는 독일 전설에 나오는 마법사 파우스트가 등장한다.

1, 2부로 되어 있는 이 극시는 지식과 학문에 절망한 학자 파우스트 박사가 악마 메피스토펠레스의 유혹에 빠져 현세의 쾌락을 좇으며 방황하다 마침내 과오를 깨닫고 천상의 구원을 받는다는 내용을 담고 있다.

『파우스트』는 서구 문학이 낳은 위대한 작품 중의 하나이며, 독일어로 쓰인 가장 중요한 작품으로 평가받고 있다. 괴테는 당대를 풍미하던 시인이자 석학답게 이 작품 안에 신학, 사학, 심리학, 그리고 과학 지식을 강렬한 힘과 서정이 넘치는 시들과 함께 담아놓았다.

막이 오르기 전, 악마 메피스토펠레스가 나타나 신에게 제안한다.

"당신이 사랑하는 파우스트를 제가 타락시켜볼까요?"

신은 착한 인간은 어두운 충동에 휩쓸릴지라도 올바른 길을 잊지 않는다며 악마가 파우스트를 유혹하도록 내버려둔다.

파우스트는 천상에서 일어난 일을 모르는 채 책상 앞에 초조하게 앉아서 독백을 시작한다.

"아! 이제 철학도, 법학도, 의학, 심지어는 신학까지도 온갖 노력을 다 기울여 철저히 공부하였다. 그러나 여기 서 있는 나는 가련한 바보. 전보다 똑똑해진 것은 하나도 없구나!"

세상의 모든 지식을 섭렵했으나 우울과 환멸에 빠진 파우스트는 '나는 쓰레기더미를 파헤치는 꿈틀거리는 벌레를 닮았다'며 죽음의 독배를 마시려 한다. 이때 부활절 종소리가 울리고, 맑은 합창의 음률에 감동한 파우스트는 다시 이승의 생활로 돌아온다.

부활절 축제 구경을 하고 있던 파우스트에게 악마 메피스토펠레스가 삽살개로 둔갑해 접근한다. 파우스트가 삽살개를 집으로 데려가자, 메피스토펠레스는 자신의 정체를 드러내고 그를 유혹한다. 그들 사이에 계약이 이뤄진다.

어떠한 삶이든 경험할 수 있게 도와주고, 대신 한순간이라도 만족을 느끼게 되면 즉시 그의 영혼을 가져가 자신의 종으로 삼겠다는 것이 계약의 내용이었다. 파우스트는 이렇게 말한다.

"내가 어느 순간을 보고 '섰거라. 너는 정말 아름답구나!' 하고 말한다면, 너는 나를 꽁꽁 묶어도 좋다. 그대로 나는 망해도 좋다."

계약을 맺고 나자 파우스트는 화려한 외출을 감행한다. 메피스토펠레스는 파우스트를 하인리히라는 이름의 20대 청년으로 만들어 그에게 쾌락적 삶을 선사한다. 파우스트는 이를 즐기는 도중 순진한 처녀 그레트헨을 만난다.

그는 청순하고 순수한 그녀와 사랑에 빠진다. 파우스트는 그레트헨을 유혹하고, 둘의 밀회를 위해 그녀로 하여금 어머니에게 다량의 수면제를 먹이게 한다. 얼마 뒤 그레트헨은 임신을 하게 되고, 그녀의 오빠 발렌틴은 분노해 파우스트에게 결투를 신청한다.

결투에서 파우스트는 메피스토펠레스의 마력으로 발렌틴을

찔러 죽여버리고 만다. 파우스트는 후회하면서 도망친다. 그레트헨은 죄책감에 괴로워하며 감옥에 갇힌다. 파우스트가 같이 도망치자고 유혹하지만 그레트헨은 거절하고 신의 심판을 기다린다. 하늘로부터 "그 소녀는 구원되었다"는 소리가 들리고, 하늘로 올라가는 그레트헨은 "하인리히! 하인리히!" 하고 파우스트를 부른다. 그러나 그는 메피스토펠레스에게 끌려가 재빨리 도망친 뒤였다.

2부에서 파우스트는 독일 중세의 황제를 섬기는 몸이 된다. 메피스토펠레스의 도움을 받아 파탄에 이른 황제를 구해냈지만, 이번에는 그리스 전설의 미녀 헬레나를 불러내라는 청을 받는다. 파우스트는 우여곡절 끝에 헬레나를 만나게 되고, 둘은 열렬한 관계가 되어 아들 오이포리온을 얻는다. 그러나 오이포리온은 하늘로 날아오르다 죽고 헬레나도 뒤따라 가버린다. 메피스토펠레스는 다시 한번 쾌락을 선사하려 하지만, 파우스트는 그 제안을 물리친다.

100세가 된 파우스트는 이제 황제에게 하사받은 해안 지대의 땅을 간척하고자 한다. 그에게 접근한 근심의 영이 눈을 멀게 하지만 그의 심안은 도리어 더 깊어진다. 그러나 악마의 도움으로 이뤄진 건설은 당연히 파괴되고 만다. 백발이 된 파우스트는 숨을 거두며 유언처럼 이 말을 남긴다.

"지혜의 마지막 결론은 이렇다. 자유도 생명도 날마다 싸워서 얻는 자만이 그것을 누릴 자격이 있는 것이다."

그런데 악마가 그의 영혼을 거두어가려고 왔을 때, 천사들이 파우스트의 무덤 위로 수천 송이 장미를 뿌리며 합창한다.

"탐색하는 영혼 파우스트는 구원을 얻었노라!"

허탈감에 사로잡힌 메피스토펠레스는 천상에 대고 저주를 퍼붓지만, 성모에게 파우스트를 구원해달라고 애원한 그레트헨이 파우스트의 영혼을 천국으로 인도한다.

우리에게도 유혹하는 메피스토펠레스가 다가온다. 상실의 허무감, 실연의 슬픔, 결핍된 무언가에 대한 갈구, 좌절의 아픔, 본질적인 외로움……. 아프지 않은 삶이 어디 있으랴. 그런데 그 고통을 들여다보면 대부분 욕망 때문이다.

가지고 싶고, 누리고 싶고, 맛보고 싶어서 고통스럽다. 더 높은 곳에 올라가고 싶고, 더 많은 것을 누리고 싶고, 더 좋은 것을 취하고 싶어서 고통스럽다. 올라가려는 욕망은 우리를 더 높은 곳이 아닌 바닥으로 데려다놓는다. 가지려는 욕망은 우리를 더 빈손으로 만들어놓는다. 욕망 때문에 고독하고 욕망 때문에 허망하다. 슬픔의 원인을 외부에서 찾는 자는 결코 행복을 얻지 못한다. 행복의 반대말은 불행이 아니라 불만이니까.

　그레트헨의 인도로 천국으로 가는 파우스트가 그런 우리를 돌아보며 전해준다. '자유도 생명도 날마다 싸워서 얻는 자만이 누릴 자격이 있다'고. 그러니 날마다 고통과 직면해야 한다고. 삶의 과정에서 나를 돌아보는 과정이 있다면 그리고 모든 것을 용서하는 사랑이 있다면 구원받을 수 있다고.

단테 알리기에리
『신곡』

☑ 천국과 지옥의 심판관은 내 마음에 있다

못다 이룬 사랑을 문학 속에서 이루다

시인 T. S. 엘리엇은 딱 잘라 말했다. "근대 세계는 셰익스피어와 단테가 나눠 가졌다. 제3자는 존재하지 않는다"고. 경제학자 엥겔스도 『신곡』의 가치를 인정하며 "단테는 중세 최후의 시인이며 신시대 최초의 시인"이라는 찬사를 바친 바 있다.

단테 알리기에리Dante Alighieri, 1265~1321는 피렌체의 귀족 가문에서 출생했다. 다방면에서 탁월한 재능을 보인 그는 1300년 국무장관에 오르는 등 관료로서도 성공가도를 달렸다. 하지만 1302년 반대파의 쿠데타로 영구 추방당했고, 이후 20년간 이탈리아의 여러 도시를 전전하다 라벤나에서 죽음을 맞는다. 이때 완성한 작품이 『신곡』이다.

단테가 『신곡』을 쓰게 된 것은 첫사랑 베아트리체에 대한 사무치는 그리움 때문이었다. 그는 아홉 살 때 한 소녀를 처음 보았고, 이름조차 몰랐던 이 소녀를 간절하게 사모했다. 그리고 9년 만에 우연히 다시 만난 그녀, 베아트리체는 이미 은행가의 아내가 되어 있었다. 그리고 그녀는 스물네 살의 나이에 세상을 떠났다.

단테는 죽은 베아트리체를 『신곡』 속에 살려내어 못다 이룬 사랑을 문학 속에서 이뤄낸 것이다.

"인간의 손으로 만든 최고의 것"

『신곡』은 지옥, 연옥, 천국 편으로 이루어진 100곡의 방대한 서사시이다. 단테가 지옥, 연옥, 천국을 7일간 여행하는 내용으로, 지옥 편에는 첫사랑을 잃은 후 타락한 생활이, 연옥 편에는 영혼을 소생하려는 고통이, 천국 편에는 베아트리체를 만나 그녀의 안내로 천국을 여행하는 행복이 담겨 있다.

『신곡』의 원제는 '라 디비나 코메디아La Divina Commedia'다. 여기서 코메디아는 희극이라는 뜻이 아니라 '처음에는 비참한 운명에서 허덕이지만 나중에는 행복한 결말로 끝나는 이야기'라는, 일종의 '해피엔딩 스토리'의 중세적인 의미다.

단테가 약 13년에 걸쳐 집필한 『신곡』 속에는 성서와 그리스 로마의 모든 고전, 토마스 아퀴나스의 신학, 플라톤의 우주론, 프톨레마이오스의 천문학, 아리스토텔레스의 윤리학 등이 스며들어 있다. 한 권의 책에 중세의 사상과 세계관이 농축되어 있는 것이다.

영국 역사가 토머스 칼라일은 『신곡』을 "중세 천 년의 침묵의 소리"라고 했고, 괴테는 "인간의 손으로 만든 최고의 것"이라고 했다. 사상가 러스킨은 "사람의 힘으로 미치지 못할 기적"이라고 말했다.

『신곡』의 첫 장을 열면, 그 유명한 첫 구절이 나온다.

"나그넷길 반 고비에 올바른 길 잃고 헤매던 나. 컴컴한 숲속에 서 있노라. 죽음보다 못지않게 쓰디쓴 일이었지만, 내 거기에서 얻은 행복을 말하려 하노니 거기에서 보아둔 다른 것들도 나는 얘기하리라."

35세가 되던 해 단테는 표범과 사자, 이리들이 달려들어 절체절명의 위기를 맞게 된다. 그때, 로마의 시인 베르길리우스가 그를 구한다. 그는 단테를 과오에서 인도해달라며 베아트리체가 보낸 사람이었다. 그리고 단테는 베르길리우스의 안내를 받아 피안의 세계를 여행하기 시작한다.

해 질 무렵 두 사람은 지옥의 문턱에 도착했는데 문 위의 돌에 이상한 말이 새겨져 있었다.

"나는 슬픔의 나라로 가는 길이다. 나는 영겁의 고통으로 가는 길이다. 나는 영원의 파멸로 가는 길이다."

이 문을 지나가니 아케론 강가에 와 있었다. 두 사람은 이제 지옥을 바라보고 선다. 암흑 속에서 이상한 외국어와 방언으로 아우성치는 소리, 차마 들을 수 없는 비명이 들려온다.

제1지옥에는 호메로스, 헥토르, 소크라테스, 플라톤, 아리스토텔레스, 히포크라테스 등이 있었다. 단테는 중세 기독교 사상을 가지고 있었다. 그래서 이런 위인들을 지옥에 있게 한 것이다. 하지만 단테가 그들을 보는 마음은 측은한 마음이지 징벌의 의미는 아니었다.

제2지옥은 이성을 배반하고 색욕에 빠진 자들이 있는 곳으로, 망령들이 불어오는 태풍과 모래와 먼지의 고통을 받으며 암흑 속에서 떨고 있었다. 쾌락에 젖어서 이성을 망각한 응보였다. 그곳에서 여러 사랑의 이야기를 듣고 단테는 비통함에 젖어 정신을 잃고 만다. 그가 의식을 회복하였을 때는 이미 제3지옥 앞에 서 있었다.

제3지옥은 미식가와 폭식가의 지옥이었다. 살을 에는 듯한 눈보라와 우박이 미친 듯이 쏟아지는 곳으로, 실컷 먹어도 양이 차지 않는 케르베로스라는 삼두견이 살을 찢고 있었다.

제4지옥에서는 축재할 줄만 아는 인색한 사람들과 낭비로 일생을 보낸 방탕아들이 다투고 있었다. 이들은 거대한 바위를 힘껏 굴려 부딪치고는 그것을 굴리며 되돌아갔다가 또다시 충돌시키는 일을 반복하고 있었다. 한쪽에서 "너희들은 왜 돈만 모으려고 하느냐?" 하고 외치면, 한쪽에서는 "너희들은 왜 낭비만 하고 있느냐?" 하고 외쳤다. 그들 중에는 성직자들과 교황, 추기경들도 있었다.

제5지옥은 분노에 몸을 맡긴 자들의 지옥이었다. 스틱스라는 무서운 늪이 있고 늪 가운데에는 디스라고 하는 증오의 성이 높이 솟아 있었다. 이 늪에는 검은 탁류가 흐르고 있었고, 진흙투성이 망령들이 하반신을 진창 속에 담그고 서 있었다. 분노의 형상은 너무나 처참하였다.

제6지옥에서는 쾌락을 생활 최고의 원리라고 주장한 에피쿠로스주의자들이 벌을 받고 있고, 제7지옥에서 폭력을 행사한 죄인들이 미노타우로스의 감시 아래 있었다.

제8지옥에는 사기 친 죄인들이 열 개의 골짜기에서 열 가지 형벌을 받고 있었다. 제9지옥에는 반역의 죄, 폭정의 죄를 지은 자들이 있는데, 예수를 배반한 유다, 아우를 살해한 카인 등이 참혹한 벌을 받고 있었다.

지옥의 무서운 터널을 빠져나온 두 사람은 어느 섬의 해변에 도착한다. 그곳은 연옥산의 기슭이었다. 연옥은 죄를 씻고 영적 구원을 받을 만한 희망이 있는 망령들이 천국에 가기 전 수양을 하는 곳이다. 천사들은 이곳에서 칼로 단테의 이마 위에 일곱 개의 P 자를 새겨준다. 이는 연옥에서 참회해야 할 죄(Peccata), 즉 오만, 질투, 분노, 태만, 탐욕, 폭식, 애욕을 뜻한다.

이 죄들은 벼랑을 차례로 지나면서 하나씩 씻긴다. 이 모든 죄를 씻고 나면 영혼들은 구원을 받게 되고 이어 지상낙원으로 오를 수 있다. 두 사람은 암석이 톱니처럼 늘어선 속죄의 험한 길을 겨우 올라갔는데 그곳에는 여덟 개의 고리 모양 길이 나 있었다.

제1환도는 겸양의 미덕을 배우는 곳이다. 혈통의 존귀함을 자만하고 예술의 가치만을 높이 여기며 동료를 존경할 줄 몰랐던 화가 등등이 죄를 고백하고 있었고, 그곳을 지나가자 단테의 이마 위에 새겨진 P 자의 상처 하나가 사라졌다. 두 시인은 험한 계단을 올라 제2의 환도로 나왔다.

제2환도는 질투의 죄를 씻는 곳. 사람들의 광경이 너무 가련해서 단테도 눈물을 흘렸다. 이곳을 나오자 제2의 P 자가 또 사라진다. 제3환도는 분노의 죄를 지은 자들이 죄를 씻는 곳이었다. 2일째의 밤이 되어 그들은 제4환도 태만의 연옥에 들어섰다.

제4환도는 육체의 욕망에 굴복한 사람들이 죄를 씻는 곳. 단테는 여기서 세이렌의 유혹을 받기도 한다. 제5환도는 재물을 탐낸 죄인이 있는 곳이다. 여기선 "나의 영혼은 먼지에 불과하다"라는 시편의 구절을 되뇌며 망령들이 슬픈 소리로 회개하고 있었다.

제6환도는 폭식의 죄를 씻는 곳으로 현세에서 폭식하던 사람들이 눈앞에 산해진미를 차려놓고도 단식의 고행을 하고 있었다. 제7환도는 정욕에 빠져 타락한 사람들이 있는 곳으로 음욕의 죄를 저지른 자들이 죄를 씻고 있었다.

이곳을 지나니 해 질 무렵이 되었는데 어디선가 아름다운 노랫소리가 들려왔다.

"마음이 깨끗한 자에게 행복이 있도다."

그 노랫소리에 천사가 나타났고, 단테는 베아트리체가 자신의 이름을 부르는 소리를 듣고 놀라 화염 속으로 돌진한다. 그의 몸은 타는 듯이 뜨거웠다. 그렇게 최후의 죄가 사라져버리고 단테의 이마에 남아 있던 마지막 P 자가 흔적도 없이 사라진다.

여기까지 인도해주었던 베르길리우스는 "나의 힘이 미치는 예술과 지혜로써 그대를 이곳까지 인도하였다. 이제 나의 임무는 끝났다. 앞으로의 길은 험하기는 하지만 어렵지 않을 것이다"라고 말하며 그에게 이별을 고한다.

지상낙원에 닿은 단테를 안내한 것은 베아트리체였다. 빛과 노랫소리가 쏟아지는 위에서 천사와 꽃구름을 타고 하얀 너울을 쓴 베아트리체가 내려온다. 단테는 아홉 살 때부터 한 살 아래인 그녀에게 순결한 사랑을 느꼈고 그때부터 그녀는 단테의 사랑과 이상이 되었다. 그런데 10년 전 어느 날 세상을 떠난 베아트리체가 이제 신에게 봉사하는 천사가 되어 그의 눈앞에 나타난 것이다.

단테는 베아트리체에게 인도되어 천당이 있는 성스러운 별의 세계로 승천한다. 천국은 열 개로 구성되어 있으며, 천사에게는 애, 지, 위, 치, 용, 위, 자, 대천인의 9계급이 있어서 각자의 하늘 세계에 살고 있었다.

제1하늘은 월광천으로 타인의 뜻을 거역할 수가 없어서 신에 대한 맹세를 어겼던 사람들의 영혼이 살고 있다. 제2하늘은 수성천으로 선행을 하였으나 그 목적을 신의 영광을 높이는 데 두지 않고 인간적인 명예를 구했던 영혼들이 살고 있다. 제3하늘은 금성천으로 속세에서 사랑에 도달한 사람의 영혼들이 살고 있다.

제4하늘은 태양천으로 덕망 있는 신학자와 철학자들의 영혼이 살고 있다. 제5하늘은 화성천으로 순교자와 믿음을 위하여 싸운 사람들의 거처였다. 제6하늘은 목성천으로 정의로써 나라를 다스린 현왕과 지혜로운 법관들이 머물고 있고, 제7하늘은 토성천으로 쏟아지는 빛처럼 내려오는 수많은 영혼들이 있었다.

이들은 고승, 명상자 또는 신비주의자들의 영혼이었다.

제8하늘은 항성천으로, 지혜로운 천인의 영지였다. 믿음, 소망, 사랑의 세 가지 덕을 완성한 성인들이 있는 곳이다. 이때 온 천국이 노래를 부르기 시작했고, 단테는 장엄한 음률에 황홀해졌다. 제9하늘은 원동천으로 지구를 중심으로 모든 것이 돌고 움직이는 힘의 근원이 이곳에 있었다. 신의 사랑과 빛으로 넘쳤다. 제10하늘은 광명천으로, 우주에서 가장 높은 곳이며 가장 빛나고 밝은 곳, 시간과 공간을 초월한 하늘, 구원받은 모든 영혼이 사는 성스러운 곳이다.

단테가 베아트리체에게 인도되어 이곳으로 들어오자, 성스러운 사랑의 둥근 광채 속에 천사와 성도들이 보인다. 무한히 빛나는 광명의 바다이다. 인간계를 떠나서 신의 경지에 들어선 것이다.

시간을 벗어나 영원으로, 성자의 무리 속으로 들어선 단테. 이곳까지 인도한 베아트리체는 성모 옆에 있는 자기 자리로 돌아갔다. 베아트리체의 얼굴에 미소가 떠올랐고, 제일 높은 곳에서는 성모 마리아의 영광의 빛이 찬란하게 빛나고 있었다.

단테는 그렇게 '영원의 사랑'에 의해 인도되었고, 대서사시는 "잠에서 깨어난 시인의 영혼에는, 해와 별들을 움직이는 사랑이

들리고 있더라"라는 구절로 막을 내린다.

『신곡』에서 지옥과 연옥, 천국을 보고 나면 두려워진다. 특히 지옥 편의 책장을 넘기면서는 소름이 오소소 돋는다. 하지만 우리는 이 세상을 살며 하루에도 열두 번씩 천당과 지옥을 넘나들지 않는가. 만나고 사랑하고 싸우고 헤어지고 다시 만나며 그렇게 천국과 지옥과 연옥을 넘나든다. 어떤 날은 이 세 곳을 다 경험하기도 한다.

천당과 지옥을 오가는 일은 마음에 달려 있다. 천사의 환한 날개를 내 어깨에 앉히는 것도, 검은 사자의 손을 잡고 지옥의 구렁텅이로 빠져들게 하는 것도 모두 마음이 하는 일이다. 남을 사랑하는 일에 인색하면 지옥에 살게 되고 사랑에 너그러우면 하루하루가 천국인데, 우리는 왜 자꾸 욕심을 내며 지옥문을 오가는 것일까?

천국으로 가는 초대장은 다른 누구도 아닌 나의 마음이 발급하는 것. 내가 마음만 먹으면 천국 입장권이 무료다. 지옥과 연옥과 천국을 다 가진 이곳, 과거와 오늘과 미래를 다 지닌 지금, 우리는 어떤 장소를 여행하며 어떤 시간을 살아가고 있을까.

표도르 도스토옙스키
『죄와 벌』

☑ 단 한 사람의 믿음만 있어도

새로운 고골의 출현

1846년 25세이던 표도르 도스토옙스키Fyodor Mikhailovich Dostoevsky, 1821~1881는 첫 소설 『가난한 사람들』을 탈고하여 시인이자 문학비평가인 네크라소프에게 보냈다. 그리고 그 결과가 궁금하여 사흘 밤을 뜬눈으로 새웠다.

사흘째 되던 날 새벽 4시에 요란스럽게 벨이 울리더니 네크라소프와 또 한 친구 소설가 그리고로비치가 뛰어 들어왔다. 그리고 도스토옙스키를 끌어안고는 한참 격한 감정을 억제하지 못하고 눈물만 흘렸다. 그러더니 간신히 입을 열어 이렇게 말했다.

"새로운 고골의 출현이야!"

고골은 러시아 근대 리얼리즘 문학의 아버지라 불리는 대문호이다. 훗날 이 새로운 고골은 19세기 러시아 문학을 대표하는 작가가 된다.

고난을 딛고 피워낸 명작

『죄와 벌』은 도스토옙스키가 경제적인 궁핍에 시달리던 45세에 쓴 것이다. 그는 빚쟁이의 추궁을 피해 4년이나 해외에서 생활해야만 했다. 궁핍한 생활 속에서도 도스토옙스키는 『죄와 벌』, 『백치』, 『악령』 등의 명작을 남겼다.

비교적 안정된 생활을 하게 된 만년에는 그의 사상의 집대성이라고 할 수 있는 『카라마조프가의 형제들』을 썼다. 세상을 떠나기 반년 전쯤 열린 푸시킨의 동상 제막식에서 도스토옙스키가 행한 기념 강연이 열광적인 환영을 받아 불우했던 그의 삶을 위로해주었다.

철학자 니콜라이 베르댜예프는 "도스토옙스키라는 작가를 낳았다는 사실만으로도, 이 지구상에 러시아인의 존재 이유는 충분하다"고 말한 바 있다.

               ~

7월의 어느 무더운 날 저녁, 라스콜니코프는 페테르부르크의 거리를 방황하고 있었다. 그는 지방 소도시 출신의 법학도로 가난 때문에 학업을 중단한 대학생이었다. 어머니와 누이동생 두냐는 고향 소도시에서 뒷바라지하며 그가 출세하여 집안을 일으키기를 간절히 바라고 있다.

하지만 그는 방 안에 틀어박혀 불온한 계획을 세우고 있다. 고리대금업을 하는 노파 알료나 이바노브나를 살해할 계획이다. 그 노파의 돈을 빼앗아 자신의 학비를 마련하기 위해서였다. 자신과 같이 선택된 강자는 그 노파처럼 사회에 불필요한 존재를 없애도 된다고 생각한다.

라스콜니코프는 어머니에게서 받은 편지를 통해 누이동생 두냐가 오빠를 위해 45세의 남자와 몸을 파는 것이나 다름없는 결혼을 하려 한다는 사실을 알게 된다. 술집에서 만난 말메라도프라는 남자가 들려준 이야기도 그가 이러한 결정을 하는 데 영향을 주었다. 그는 실직한 관리로 아내와 딸에게 돈을 빼앗아 매일을 술로 살아가는 남자였는데, 전처에게서 낳은 딸 소냐가 가족을 먹여살리기 위해 매음부가 되었다고 말했던 것이다.

그날 저녁, 라스콜니코프는 하숙집 부엌에서 장작 패는 도끼를 훔쳐 품에 넣고 이바노브나의 전당포에 간다. 그리고 물건을 저당 잡히러 온 척하며 안으로 들어가 노파를 살해한다. 하필이면 이때 노파의 이복 여동생인 리자베타가 들어오고, 그는 엉겁결에 그녀까지 도끼로 내리쳐 살해한다.

살해 후 "그저 이(蝨)를 죽였을 뿐이야, 아무 쓸모도 없고 더럽고 해롭기만 한 이를"이라고 말하지만, 그의 죄는 그를 너무나 괴롭힌다. 노파에게 훔쳐온 물건은 벽지에 난 구멍 속에 쑤셔 넣어둔 채 한 푼도 손을 대지 않았고 매일 극심한 불안감과 공포, 양심의 가책에 휩싸여 악몽에 시달리며 열병을 앓는다.

그러던 어느 날 그는 밤길을 가다 마차에 치여 빈사 상태에 있는 말메라도프를 발견하고, 그를 집으로 데리고 간다. 그 일로 라스콜니코프는 말메라도프와 전처 사이에서 태어난 딸, 소냐를 알게 된다. 소냐는 일전에 말메라도프에게 들은 대로 몸을 팔아 빈민굴의 가장 노릇을 하고 있었다.

주정뱅이 아버지와 새어머니의 강요로 소냐는 몸을 파는 일을 할 수밖에 없었다. 딸에게 몸을 팔게 만든 새어머니를 라스콜니코프가 비난하자 소냐는 말한다.

"불행만 연달아 닥쳐서 그러시는 거예요. 얼마나 마음이 넓고 착한 분이셨는지 몰라요."

혹독한 현실 속에서도 신에게 감사하며 신은 무엇이든 다 해주신다고 믿는 소냐. 라스콜니코프는 그녀의 발 앞에 무릎 꿇고 발에 키스한다. 왜 그러느냐며 당황하는 소냐에게 라스콜니코프는 말한다.

"당신에게 무릎을 꿇은 게 아닙니다. 인류의 모든 고통 앞에 무릎을 꿇은 것입니다."

라스콜니코프는 결국, 소냐에게 자신이 저지른 범행을 고백한다. 소냐는 그에게 자수하라고, 그래서 괴로움에서 해방되라고 호소한다.

"일어나세요! 바로 지금 네거리로 나가서 몸을 굽혀 우선 당신이 더럽힌 대지 위에 키스하세요. 그리고 온 천지에 머리를 조아리고 모두가 듣도록 큰소리로 '나는 사람을 죽였습니다'라고 외치세요. 그러면 하느님께서는 당신에게 생명을 주실 겁니다."

소냐는 그에게 자신의 십자가를 준다.

그녀의 말대로 범행을 자수한 라스콜니코프는 8년형을 언도받고 시베리아 땅으로 떠난다. 라스콜니코프는 유형지에서 인간은 죄수라고 해도, 해충이라고 해도 누구나 절대의 가치를 지니고 있으며, 때문에 살인은 절대 용납되지 않는다는 사실을 느끼게 된다.

시베리아 땅에 있는 라스콜니코프 앞에 소리도 없이 소냐가 나타난다. 그와 함께 고행의 길을 가기로 선택한 것이다.

"아직도 7년이라는 세월이 남아 있었다. 그때까지 얼마만큼이나 견디기 어려운 고통이, 그리고 얼마만큼의 더없는 행복이 있을 것인가!"

라스콜니코프의 오만한 영혼은 그렇게, 소냐의 순결한 영혼에 의해 구원된다.

라스콜니코프를 죄와 벌에서 구한 것은 한 사람의 사랑이었다. 그 어떤 절망 속에서도 단 한 사람만 그 사람을 믿어준다면, 단 한 사람만 진정으로 가엾이 여겨준다면, 그렇다면 한 사람의 영혼은 구원될 수 있다고, 오직 한 사람을 위해 시베리아의 유형을 택한 소냐가 맑은 눈을 들어 동정심 없는 현대인들에게 말해준다.

움베르토 에코
『장미의 이름』

☑ 움켜쥔 채 놓지 않는, 그 이름

레오나르도 다빈치 이래 최고의 르네상스맨

움베르토 에코Umberto Eco, 1932~2016는 기호학과 미학의 세계에 열중하던 중 출판사에 근무하는 여자친구의 권유로 소설을 쓰게 되었다. 각종 세계 언어에 통달한 언어의 천재, 기호학자, 철학자, 역사학자이며 미학자인 움베르토 에코는 레오나르도 다빈치 이래 최고의 르네상스적的 인물로 알려져 있다.

에코가 48세에 쓴 첫 장편소설 『장미의 이름』은 작가의 철학과 기호학 이론을 마음껏 발휘한 소설로, 1980년 출간되자마자 세계적인 베스트셀러가 되었다. 뒤이어 내놓은 소설 『푸코의 진자』도 출간되자마자 전 세계적인 반향을 불러일으켰다.

소설가로 유명해졌으나 정작 에코는 자신의 정체성을 철학자로 정의하며 "소설은 주말에만 쓴다"고 말했다.

"중세학자, 철학자, 기호학자, 언어학자, 문학비평가, 소설가. 르네상스맨은 아님."

2016년 2월 19일 84세의 나이로 세상을 떠난 움베르토 에코가 자신의 트위터 계정에 쓴 소개 문구다.

제목이 '장미의 이름'인 이유

원래 이 소설의 제목은 '수도원의 범죄 사건'이었다고 한다. 그러나 움베르토 에코는 그 제목을 파기했다. 그 까닭에 대해서 그는 이렇게 밝혔다.

"독자들의 관심을 미스터리 자체에만 쏠리게 할 가능성이 농후하고, 독자들이 액션으로 가득한 약간은 황당무계한 책으로 오해하고 책을 살까 두려웠기 때문이다."

그렇다면 왜 제목을 '장미의 이름'이라고 지은 것일까? 소설의 끝에 나오는 이 구절에서 힌트를 얻을 수 있다.

"지난날의 장미는 이제 그 이름뿐, 우리에게 남은 것은 그 덧없는 이름뿐."

한편 『장미의 이름』은 실화에 바탕을 두고 있는데, 중세의 한 수도원에서 벌어진 연쇄살인 사건을 파헤치는 수도사들의 이야기를 추리소설의 기법을 빌려 다루고 있다.

1327년 11월 어느 날, 아드소는 그의 사부인 윌리엄 수도사와 함께 북부 이탈리아의 외딴 수도원에 들어간다. 그 수도원은 세계에서 가장 많은 책들이 있는 곳이다. 세계 전역의 수도사들이 유학 와 있는 이곳에서 의문의 연쇄살인이 일어나고, 윌리엄 수도사는 그 사건을 하나하나 풀어나간다.

살인은 『요한묵시록』의 예언에 따라 진행된다. 첫 번째로 죽은 이는 필사본에 삽화를 그리는 일을 하던 아델모 수도사로, 그의 삽화는 기괴하고 우스꽝스러운 형상으로 가득 차 있었다. 아델모의 시체는 우박 속에서 발견된다('첫 번째 나팔 소리에 우박이 내리고').

두 번째로 죽어간 베난티오는 돼지 피를 담은 통 속에 다리를 가위처럼 벌린 채 거꾸로 처박혀 죽는다('두 번째 나팔에 바다가 피로 변하고'). 세 번째로 죽어간 수도사 베렝가리오는 그리스어로 아리스토텔레스를 번역하는 번역가였는데, 첫 번째로 죽은 유머에 능한 사본가 아델모와 형제 같은 사이였다. 그는 욕장에서 퉁퉁 부은 시체로 떠오른다('세 번째 나팔에 빛나는 별이 강에 떨어지고). 그리고 세베리노는 천구의에 머리를 맞아 죽는다('네 번째 나팔에 해와 달과 별이 없어지고').

범인으로 추정되던 말라키아마저 기도 시간에 앞으로 고꾸라지며 뜻 모를 말을 남긴다.

"정말······ 전갈 천 마리의 힘이······."('다섯 번째 나팔소리에 메뚜기가 전갈의 독침으로 사람들을 괴롭힌다')

이에 윌리엄 수도사는 아드소에게 다음 사건은 외양간 근방에서 일어날지 모르니 외양간을 눈여겨볼 것을 당부한다. '여섯 번째 나팔이 울리면 사자 머리를 한 말이 나타나'기 때문이다.

한편 윌리엄 수도사와 이 수도원에서 가장 나이가 많은 노인 수도사 호르헤는 첫 대면 때부터 대결한다. 두 사람은 아델모가 시편에 붙인 기괴한 삽화의 해석을 둘러싸고 논쟁을 벌인다. 호르헤는 윌리엄 수도사에게 말한다.

"황소를 데리고 토끼 사냥을 나가고, 올빼미가 문법을 가르치고, 개가 벼룩을 파먹고, 애꾸가 벙어리를 지키고, 벙어리가 떡을 달라고 하고, 개미가 송아지를 낳고, 구워놓은 닭이 날고, 지붕 위에서 과자가 익고, 앵무새가 수학을 가르치고, 암탉이 수탉에게 알을 낳게 하고, 수레가 소를 끌고, 개가 침상에서 자고, 사람이 대가리를 땅에 댄 채로 걷고······ 도대체 이런 장난을 왜 합니까? 하느님의 뜻을 가르친다는 핑계 아래 하느님께서 만드신 것과 거꾸로 된 놈의 세상이 있어도 좋다는 것입니까?"

그러자 윌리엄 수도사가 대꾸한다.

"하느님께서는 가장 왜곡된 것을 통해서도 영광을 드러내십니다."

호르헤는 교회를 가리키며 그 대리석 부조에 그려진 우스꽝스러운 그림들을 잔뜩 비판하고는 말을 잇는다.

"꼬리가 뒤틀린 요상한 점박이 괴물이나 보면서 시간을 낭비하지 마세요. 그러다 최후의 날을 맞지 않도록 하세요!"

그 후 윌리엄 수도사와 호르헤는 또 한 번 충돌한다. "그리스도가 웃지 않았다는 건 모르지 않겠지요?"라는 호르헤의 말에 윌리엄이 대꾸한다. 예수님께서는 제자들에게 우스갯소리도 하시고 재담도 했었노라고.

마침내 윌리엄 수도사는 모든 살인 사건이 수도원의 장서관에 숨겨진 비밀의 책, 아리스토텔레스의 『시학』 제2부 「희극론」 때문에 일어난 것임을 알게 된다.

"웃음은 권위를 비판하고 경건함을 조롱하며 절대성을 파괴한다."

이를 알게 된 호르헤는 고대 철학자의 이 위험한 사상을 영원히 묻어두고자 했다. 웃음과 희극을 악마처럼 여긴, 장서관의 지배자 호르헤 수도사. 그가 아리스토텔레스의 「희극론」의 책장에 독을 발라놓은 것이 모든 죽음의 원인이었다.

살인 사건의 전모를 알게 된 윌리엄의 추적으로 호르헤 수도사는 궁지에 몰리고, 마지막 날 도서관의 밀실에선 그의 기분 나쁜 목소리가 들려온다.

"웃음은 범부를 악마의 두려움에 해방시킵니다. 이 책은 악마에 대한 두려움으로부터 스스로를 해방시키는 것을 지혜라고 부르고 있어요."

호르헤 수도사는 독이 발린 『시학』의 낱장을 가늘게 찢어 씹어 삼킨다. 윌리엄이 말리려 들자 호르헤는 등불을 내던져 방에 불을 지른다. 그 불길로 수많은 장서가 불타고 윌리엄은 사람보다 책을 구하기 위해 불길 속을 뛰어다닌다. 하지만 불길은 치솟아 불꽃이 사방으로 튀고, 바람을 타고 수도원 전체로 번진 불은 사흘 밤낮을 계속 타오른다('일곱 번째 나팔은 사자 머리를 한 말들의 출현을 알리고, 말의 입에서는 연기와 불과 유황이 쏟아지며').

그 후 세월이 지나 그 수도원을 방문한 아드소는 이렇게 독백한다.

"바빌론의 영화는 어디로 갔는가? 지난날의 장미는 이제 그 이름뿐. 그 덧없는 이름뿐."

신념과 고집은 다를 것이다. 독단과 확신도 다를 것이다. '신념'은 내가 믿는 바를 확신하면서도 다른 의견을 수렴해 물음표를 찍어보는 단계를 거친다. 그러나 '고집'은 다른 의견, 다른 생각에는 귀를 틀어막고 마음도 닫아버린다.

'독단'은 일종의 기억의 고집이다. 내가 믿고 있는 바를 남들도 다 따라야 한다고 고집한다. 그러나 '확신'은, 나 혼자 믿어도 좋은, 그러나 타인의 생각도 존중할 줄 아는 마음의 자세다.

이것은 옳고 저것은 그르다는 독단, 내 것을 지키기 위해서 남은 해쳐도 좋다는 이기심, 변화가 두려워 그 자체를 거부하는 조바심…….

그렇게 움켜쥔 채 집착하는 이름은 없을까. 그것이 언젠가는 지고 마는 장미일지 모르는데, 가시가 앙상한 그 장미를 꼭 쥔 채 놓지 못하는 것은 아닐까.

헨리크 입센
『인형의 집』

☑ 당신이 정말로 나를 사랑한다면

흐트러진 머리의 시인, 입센

헨리크 입센Henrik Ibsen, 1828~1906은 노르웨이의 시엔에서 부유한 상인의 아들로 태어났으나 8세 때 집이 파산해 15세까지 약방에서 도제로 일해야 했다. 독학으로 대입 준비를 하는 한편, 신문에 풍자적인 만화와 시를 기고했다. 1850년에 발표한 단막극 「전사의 무덤」이 공연되면서 입센은 대학 진학을 단념하고 본격적으로 집필에 몰두하게 되었다.

입센에게는 이상한 버릇이 있었는데, 모자 안쪽에다가 조그만 쪽거울을 붙이고 다니는 것이었다. 그 거울의 용도는 단정하게 보이려는 게 아니라 머리를 흐트러지게 하는 것. 머리카락이 단정해 보이면 마구 흐트러뜨린 다음에야 집 안으로 들어섰다. 그 이유를 친구가 묻자 그는 이렇게 대답했다.

"시인이라는 자가 항상 머리나 곱게 빗고 다니고 몸치장이나 하는 것처럼 보여서야 쓰겠나. 덥수룩해 보여야지."

입센은 집필할 때에는 혼신을 다했는데, 입버릇처럼 "산다는 것은 내 안에 도사린 악과의 싸움이고, 창작하는 것은 나 스스로 나를 심판하는 것"이라고 말했다고 한다.

여성 해방 운동의 초석이 된 희곡

헨리크 입센의 1879년 작품인 『인형의 집』. 이 작품이 발표되자마자 노르웨이는 발칵 뒤집혔다. 여성 해방의 바이블이라고 극찬하는 사람과 결혼 생활과 가정을 파괴하는 불량 서적이라는 사람들 사이에 맹렬한 논쟁이 벌어진 것이다. 그러는 동안 여주인공 노라는 신여성의 대명사로 떠올랐고 노라에 대한 모의재판도 열렸다.

사교계에서는 『인형의 집』이 금지된 화제였다. 심지어 어느 야유회 초대장에는 '노라에 관해서는 일절 말을 하지 말 것'이라고 적혀 있었고, 어떤 집 대문에는 '『인형의 집』에 관해서는 일절 토론을 금함'이라는 글귀가 붙어 있기도 했다.

당시에는 이 작품을 읽지 않은 여성은 여성이 아니라고 할 정도였고, 노라를 따라 가출하는 여성이 속출해 사회 문제를 낳기도 했다.

『인형의 집』의 무대는 따뜻하고 풍족한 가정의 실내다. 아담하고 고상하게 꾸며진 아늑한 방, 피아노, 둥근 탁자와 안락의자, 흔들의자와 편안한 소파, 불이 은은하게 타오르는 따뜻한 벽난로가 있는 가정. 한눈에 보기에도 행복한 가정의 실내 풍경이다. 그곳에서는 어떤 일이 벌어지게 될까?

세 아이를 둔 노라는 변호사 헬메르의 아내이다. 남편은 새해에 은행 총재가 된다. 그러니 크리스마스의 축복이 두 배로 내린 가정이 노라의 집이다.

막이 열리면 크리스마스 트리와 물건 꾸러미를 잔뜩 든 노라가 콧노래를 부르며 들어선다.

"거기서 재잘거리는 것이 우리 집 종달새인가?"

헬메르의 말에 "네, 그래요!"라고 노라는 밝게 대답한다.

"거기서 뛰어다니는 것은 아기 다람쥐지?"

"그렇다니까요."

그렇게 종달새나 아기 다람쥐라는 애칭으로 불리는 것을 즐겁게 여기는 명랑한 아내 노라. 그런데 헬메르는 아내가 사 온 물건을 보고 "우리 종달새가 또 낭비를 하고 왔군" 하며 근검절약에 대해 일장연설을 한다. 그는 노라가 시내에서 군것질을 한 건 아닌지도 의심한다.

"안 먹었어요. 정말이지 안 먹었다고요. 당신이 하지 말라고 하시는데 어떻게 제가 군것질 생각을 하겠어요?"

그런데 노라에게는 남편 모르는 비밀이 하나 있다. 결혼 초 남편이 병에 걸려 남쪽 지방으로 휴양을 가야 했을 때 그녀는 남편 몰래 은행원 크로그스타에게 차용증서를 써주고 거금을 빌렸다. 헬메르가 워낙 돈 빌리는 것을 좋아하지 않았기에 친정아버지가 주신 돈이라고 둘러댔고, 차용 보증인 서명란에는 친정아버지 대신 노라가 서명을 했다. 그리고 그동안 바느질이나 서류 작업으로 푼돈을 벌어 남편 몰래 그 돈을 갚아왔던 것이다.

노라는 남편이 은행 총재가 되면 걱정에서 조금은 놓여날 수 있다며 기뻐한다. 그런데 은행에서 해고당할 위기에 놓인 크로그스타가 노라를 찾아오고, 친정아버지의 서명을 대신한 것은 범죄 행위라며 그녀를 협박한다. 결국 파면당한 크로그스타는 헬메르에게 편지를 보내 노라의 비밀을 폭로해버린다.

헬메르는 아내가 처한 곤경은 돌보지 않고 노라에게 심한 욕설을 퍼붓는다.

"8년 동안 나의 기쁨이요 자랑이었던 여자가 위선자요, 거짓 말쟁이요, 범죄자였다니! 저 속에는 말할 수 없이 더러운 것이 숨겨져 있었어."

그러면서 헬메르는 이렇게 말한다.

"외부 체면상 집에 있어도 좋아. 다만 아이들을 기르는 것은 허락하지 않겠어. 당신을 믿고 아이들을 맡길 수 없어."

그 후 노라의 친구인 린데 부인이 크로그스타를 달래 그녀가 위조 서명한 차용증서를 돌려받게 된다. 그제야 남편은 다시 노라의 따뜻한 보호자가 되려고 한다.

"아아, 참으로 즐겁고 아늑한 가정이로군. 내 작은 종달새. 이젠 나의 억센 날개 밑에서 쉬어. 무서운 매의 발톱 밑에서 구한 작은 비둘기처럼 당신을 지켜줄 테니……."

하지만 노라는 그들의 결혼이 한 번도 진실한 적이 없었음을 깨닫게 되고, 남편에게 이렇게 말한다.

"당신은 언제나 나에게 친절했죠. 하지만 우리의 가정은 다만 놀이하는 방에 불과했어요. 친정아버지한테 어린 인형으로 취급됐다면 여기서는 큰 인형 취급을 당했던 거예요. 당신이 저를 가지고 놀아주는 동안 즐거웠어요. 제가 아이들을 데리고 놀아주면 아이들이 좋아하던 거와 다름없어요. 그것이 우리의 결혼이었어요."

　노라가 "지금 당장 집을 떠나겠다"고 말하자, "당신은 내 아내이고 아이들의 어머니야!"라고 외치는 헬메르. 그러자 노라는 대답한다.

　"무엇보다도 저는 하나의 인간이에요. 당신과 똑같은 인간이라고요! 그렇지 않다면 최소한 저는 인간이 되기 위해 노력하겠어요."

　노라는 "우리의 공동생활이 진정한 결혼 생활이 된다면……그런 최고의 기적이 일어나면" 돌아오겠다는 뉘앙스를 남기고 집을 나간다. 문 닫히는 소리가 나고 헬메르가 "최고의 기적이라고?"라고 말하는 것으로 희곡은 끝난다.

　자신이 원하는 바를 일방적으로 지시하고 그대로 하기를 바라는 사랑, 자신에게 맞춰주면 사랑해주고 그렇지 않으면 고장난 인형 취급하는 사랑을 사랑이라고 할 수 있을까? 그런 사랑은 결국 사랑하는 사람을 날지 못하는 새로 만들어버린다. 그 사람만의 향기와 매력을 잃게 하고 시들게 만든다.

　사랑은 그 사람을 옆에 묶어두는 것이 아니라 훨훨 날아가게 하는 것이고, 사랑은 그 사람이 지닌 개성을 죽이는 것이 아니라 키워주고 북돋아주는 것이다. 그리하여 그 사람을 더 생기 있게 만드는 일이다.

그 사람에게 완벽한 내 편이 되어주는 일, 이인삼각 경기를 하듯 한 발 한 발 같이 나아가주는 일, 그것이 진정한 사랑이고 결혼이다.

아서 밀러
『세일즈맨의 죽음』

☑ 어제도 내일도 아닌 오늘을 누려라

20세기의 가장 위대한 희곡 작가

아서 밀러Arthur Asher Miller, 1915~2005는 미국 뉴욕에서 의료 제조업 자인 아버지와 전직 교사인 어머니 사이에서 태어났다. 소년 시절 대 공황으로 가세가 몰락하면서 접시 닦기, 사환, 운전사 등 여러 직업을 전전해야 했다. 고학으로 미시간 대학교 연극과를 졸업한 후에는 라 디오 드라마와 희곡을 썼다. 배우 메릴린 먼로와 두 번째 결혼을 했지 만 이혼했다.

아서 밀러는 작가로서 70년을 보냈으며, 20세기의 가장 위대한 희곡 작가 중 한 사람으로 꼽힌다. 그가 2005년 세상을 떠났을 때 브로드 웨이의 극장들은 그를 추모하며 한동안 전등을 켜지 않았다. 또 모교 인 미시간 대학교는 생전 그의 소망대로 2007년 3월, 아서 밀러 극장 을 열었다.

시대를 초월한 '우리 시대 아버지의 초상'

아서 밀러가 1949년 발표한 희곡 『세일즈맨의 죽음』은 대공황 시절 사업 실패로 자살한 자신의 삼촌을 모델로 삼아 쓴 작품으로, 뉴욕 브루클린에 사는 세일즈맨이 경제적 어려움에 처하면서 겪는 좌절과 가족 간의 갈등을 풀어내고 있다.

이 작품으로 퓰리처상을 비롯해 토니상, 뉴욕 극비평가상을 수상하면서 아서 밀러는 미국 최고의 극작가 반열에 올랐다. 외로운 가장 윌리 로먼의 드라마는 수많은 관객의 공감을 끌어내며 오늘날까지 세계 각국의 무대에서 공연되고 있다.

주인공 윌리 로먼은 평생을 세일즈맨으로 살아온 사람이다. 그는 36년 동안 물건을 팔러 돌아다녔다. 그는 오늘도 장거리 출장을 나갔다가 아무런 소득 없이 밤늦게 귀가했다. 퇴근해서 돌아온 윌리는 답답함을 느끼며 아내에게 말한다.

"창문은 왜 열어놓지 않았지? 꼭 울안에 갇힌 것 같아. 벽돌담, 유리창. 유리창, 벽돌담……. 거리엔 자동차 행렬뿐이고, 아무리 돌아봐도 신선한 공기 한 방울 마실 곳이라곤 없어."

그는 라일락, 등꽃, 함박꽃, 수선화 꽃향기를 맡을 수 있던 옛날을 그리워한다.

장성한 두 아들이 아버지 윌리에 대해 불평을 늘어놓자 아내가 말한다.

"아버지가 훌륭한 분이라고는 하지 않겠다. 윌리 로먼은 엄청나게 돈을 번 적도 없어. 신문에 이름이 실린 적도 없지. 세상에서 가장 훌륭한 인품을 가진 것도 아니야. 그렇지만 그이는 한 인간이야. 그리고 무언가 무서운 일이 그에게 일어나고 있어. 그러니 관심을 기울여주어야 해. 늙은 개처럼 무덤 속으로 굴러떨어지는 일이 있어서는 안 돼."

윌리 로먼은 36년간 오로지 세일즈맨으로 살아오면서 자기 직업을 자랑으로 삼았으며 성실하게 일하면 반드시 성공한다는 신념을 가지고 있었다. 그는 두 아들 비프와 해피도 이러한 신조로 살아 성공하기를 기대하였으나, 그들은 자신의 향락과 꿈을 추구하느라 바쁘다.

윌리 로먼은 이제 더 이상 외판원으로 일할 수 없다는 것을 알고 본사에서 일하게 해달라고 사장에게 말한다. 하지만 오히려 '푹 쉬시라'는 말과 함께 파면당하고 만다.

그날 밤, 윌리는 씨앗 파는 가게에서 꽃씨를 사서 집으로 온다. 그리고 저녁의 푸른 빛 아래 홍당무와 사탕무, 상추를 손바닥만 한 마당에 심으며 죽은 형인 벤의 환영과 얘기를 나눈다.

"형님. 제 장례식은 굉장할 겁니다. 자식 놈들도 깜짝 놀랄 거예요. 장례식 때가 돼서야 애비가 어떤 인물인지 그놈들이 보고 알겠죠. 구름 같은 인파가 몰려들 테니까요."

윌리는 자식들에게 보험금을 남겨주고 싶은 생각에 새벽에 자동차를 몰고 나가 과속으로 달려 죽음을 선택한다. 그런데 그의 장례식은 너무나 쓸쓸했다. 그의 아내 린다가 묻는다.

"그 많은 사람들은 다 어디 있지요?"

린다는 울며 말한다.

"오늘 우리 집의 마지막 대출금을 물었는데…… 빚도 다 갚았는데…… 이제 해방됐는데…… 그런데…… 이제 집에는 아무도 없어요."

자식들 학비를 대고, 취직과 결혼 걱정을 하고, 자동차 할부금과 집 대출금을 갚으며 살아가는 인생이 과연 윌리만의 이야기일까?

할부금을 갚기 위해 태어난 것처럼 한 달 한 달 할부금을 갚아나가는 할부 인생. 그 할부금을 다 갚았을 때에는 꿈은 사라지고 주름살이 깊어져 있고 집은 텅 비어버리는 것, 그것이 인생이라고. 그러니 장례식에 사람이 올지 안 올지를 신경 쓰기 전에 닫힌 창을 활짝 열고 지금 이 순간을 즐겁게 살라고. 어제도 내일도 아닌, 오늘을 누리라고 우리네 아버지의 모습이며 곧 나의 모습이기도 한 인생 선배, 윌리가 전해준다.

하퍼 리
『앵무새 죽이기』

☑ 양심은 다수결의 원칙을 따르지 않는다

평생 한 작품만을 남긴 작가

하퍼 리Harper Lee, 1926~2016는 1926년 앨라배마주 먼로빌에서 변호사이자 주의원인 아버지 아래서 4남매 중 막내로 태어났고, 대학에서는 법률을 공부했다. 학생 시절 짤막한 글들을 발표하던 그녀는 항공사에서 일하면서 본격적으로 글쓰기를 시작했다.

1958년 '파수꾼'이라는 제목으로 출판사에 원고를 보냈으나 출간되지는 못했다. 이후 여러 번의 수정 끝에 이 작품은 '앵무새 죽이기'라는 제목으로 1960년 출간되었다. 『앵무새 죽이기』로 하퍼 리는 퓰리처상을 수상하는 영예를 안았다. 그리고 이 작품은 1962년 영화로도 만들어져 변호사 애티커스 핀치를 연기한 그레고리 펙이 아카데미 남우주연상을 수상하기도 했다.

하퍼 리는 평생 이 작품 하나만 쓰고 은둔했다. 그녀가 죽기 1년 전인 2015년 『파수꾼』이 출간되었지만, 과거 출판사에 보냈던 원고 그대로를 실은 것이라 『앵무새 죽이기』의 초고 느낌이 강했다. 하퍼 리 역시 자기 작품의 위대함에 눌려 더 이상 다른 작품을 발표하지 못하는 작가들 중 한 명이 아니었을지. 『호밀밭의 파수꾼』의 제롬 데이비드 샐린저가 그러했듯이.

20세기 가장 영향력 있는 소설 1위

『앵무새 죽이기』는 '역사상 가장 위대한 소설 1위', '20세기 가장 영향력 있는 소설 1위', '성경 다음으로 가장 영향력 있는 책' 등 많은 호평을 받은 작품이다.

이 소설의 배경은 1930년대 앨라배마주에 있는 가상의 도시 메이콤으로, 화자는 이곳에서 엄마 없이 아버지 손에 자라는 여섯 살짜리 여자아이 스카우트다. 스카우트는 정의로운 백인 변호사인 아버지 애티커스 핀치와 네 살 많은 오빠 젬과 함께 살고 있다.

『앵무새 죽이기』는 애티커스가 백인 여성을 성폭행했다는 혐의로 무고하게 체포된 흑인 톰 로빈슨을 변호하는 이야기를 담고 있다.

2001년 이 책은 시카고에서 '한 도시 한 책' 운동의 도서로 선정되었는데, 당시 그곳의 큰 문제였던 인종차별에 대한 토론의 장을 마련하고 시민들의 의식을 변화시켰다고 한다.

어느 날 아줌마들의 다과회에 우연히 참석하게 된 스카우트는 커서 무엇이 되고 싶냐는 질문을 받는다. 늘 남자아이처럼 옷을 입고 다니니 사람들은 그녀가 변호사가 될 것이라고 예상한다. 하지만 스카우트는 대답한다.

"전 커서 숙녀가 될 거예요!"

그러자 한 아줌마가 "앞으로 드레스를 입고 구두를 신으렴. 그럼 머지않아 숙녀가 될 거야"라고 말해주지만, 스카우트가 말한 숙녀란 그런 게 아니었다. 스카우트는 모든 사람을 관심으로 친절히 대해주는 사람, 그런 사람이 숙녀라고 생각했다. 신사 역시 마찬가지겠지만.

스카우트와 젬의 아버지 애티커스 핀치는 그런 의미에서 신사임에 분명했다. 그는 크리스마스 선물로 공기총을 받은 젬에게 말한다.

"난 네가 뒤뜰에 나가 깡통이나 쐈으면 좋겠어. 하지만 새들도 쏘게 될 거야. 맞힐 수만 있다면 어치새를 모두 쏘아도 된다. 하지만 앵무새를 죽이는 건 죄가 된다는 점을 기억해야 한다."

이 말을 들은 스카우트는 모디 아줌마에게 왜 앵무새를 죽이는 게 죄냐고 묻는다.

"앵무새들은 인간을 위해 노래를 불러줄 뿐이지. 사람들의 채소밭에서 무엇을 따먹지도 않고, 옥수수 창고에 둥지를 틀지도 않고, 우리를 위해 마음을 열어놓고 노래를 부르는 것 말고는 아무것도 하는 게 없지. 그러니 앵무새를 죽이는 건 죄가 되는 거야."

이 대사는 소설의 제목이기도 하고 소설의 주제이기도 하다. 내게 아무런 피해를 주지 않는 존재, 때로는 진심으로 내게 도움을 주는 존재, 이 소설은 그런 존재를 파괴하는 사람들과 그들을 지키려고 하는 사람들의 이야기인 것이다.

대공황 직후, 제2차 세계대전이 터지기 직전인 1930년대, 미국 앨라배마주의 작은 마을에서 사건이 일어난다. 흑인이 백인 여자를 성폭행했다는 것이다. 스카우트의 아버지 애티커스는 성폭행 혐의를 받고 있는 흑인 노동자인 톰 로빈슨의 변호를 맡게 된다.

사건의 진실은 이러했다. 마옐라는 아버지의 상습적인 폭력 때문에 일곱 동생을 돌보며 집 안에만 갇혀 지냈다. 그녀의 아버지는 가난하고 게으르며 파렴치한 부랑 계급의 백인이었다. 허드

렛일을 도와주던 흑인 톰은 그녀를 인간적으로 대해준 유일한 사람이었다.

톰을 유혹하려던 순간을 아버지에게 들킨 마엘라는 죽도록 두들겨 맞는다. 그리고 그녀의 아버지는 "흑인이 백인 여자를 강간하려 했다"며 오히려 톰을 고소한다.

그 사건을 스카우트의 아버지인 애티커스가 맡게 되고, 흑인을 변호한다는 사실만으로 그의 가족은 멸시와 협박의 대상이 된다. 아이들은 "네 아빠 깜둥이 애인"이라고 놀리고, 어른들은 "니 아버지는 그 검둥이나 시정잡배보다 나을 게 없어!"라고 말한다. 기가 죽은 아이들에게 아버지는 말한다.

"톰 로빈슨의 사건은 인간의 양심에 대한 문제이고, 내가 이 사람을 돕지 못하면 나는 신을 믿을 수도 없어."

그러면서 "시작도 하기 전에 패배할 것을 깨닫고 있으면서도 어쨌든 시작하고, 그것이 무엇이든 끝까지 해내는 것이 바로 용기 있는 모습"이라고 말해준다.

애티커스는 재판에서 승소하는 것이 어려울 것임을 잘 알고 있었다. 재판이 진행되는 동안 사랑하는 아이들이 위험하리라는 것도 알고 있었다. 그러나 이기지 못할 싸움인 줄 알면서도 그는 포기하지 않는다.

톰이 그녀를 성폭행하려 했던 것이 아니라는 결정적 증거가 나오지만 결국 배심원들은 유죄 평결을 내린다. 모두 톰이 절대로 범인이 아니라는 것을 알고 있었다. 하지만 아무리 정직하고 착하더라도 흑인은 흑인이었고, 아무리 비겁하고 경멸받을 짓을 했어도 백인은 백인이었던 것이다.

다수결 원칙을 따르지 않는 유일한 것은 사람의 양심이라고 믿는 애티커스는 톰에게 상급법원에 항소할 수 있다며 격려한다. 하지만 백인들의 이기심과 편견에 절망을 느낀 톰은 호송 중 도망치다가 사살당한다.

애티커스의 마지막 변론은 편견과 거짓으로 가득 찬 사람들의 마음을 울린다.

"어떤 흑인은 거짓말을 할 수도 있습니다. 어떤 흑인은 부도덕할 수도 있겠지요. 그러나 그것은 인간 전반에 적용되는 진실이지 어떤 특수한 인종에만 적용되는 것은 아닙니다. 그리고 이 나라에는 모든 사람이 평등하게 창조된 하나의 길이 있습니다. 무일푼인 사람도 록펠러와 동등하고, 우둔한 사람도 아인슈타인과 동등하게 하는, 인간이 세운 한 기관이 있습니다. 그 기관이 여러분의 법원입니다. 하느님의 이름으로 여러분의 의무를 다하십시오."

한편 스카우트와 오빠인 젬의 최대의 관심사가 있었으니, 몇 년 동안 사람들 눈에 띄지 않았던 부 래들리를 밖으로 끌어내는 일이었다. 사람들은 그의 집 근처에 가는 것을 꺼리며 심지어는 그와 관련된 일을 하면 죽는다는 말까지 한다. 처음에는 그가 유령인 줄 알았던 아이들은 호기심 반, 모험심 반으로 그를 만나고 싶어 한다.

그런데 젬과 스카우트가 습격을 당한다. 재판에서 이겼지만 재판 과정에서 창피를 당한 것에 앙심을 품은 마엘라의 아버지가 복수를 계획하고 두 아이를 덮친 것이다. 그때 누군가 나타나 아이들을 구하고 집으로 옮긴다. 그제야 스카우트는 그 사람이 바로 자신들이 밖으로 끌어내려 했던 부 래들리임을 깨닫는다.

부 래들리는 스카우트에게 자신을 집까지 데려다 달라고 말한다. 스카우트는 그를 데려다주고 그의 집 현관에 서서 마을을 바라본다. 거기서는 마을이 구석구석 보였다. 비로소 스카우트는 그도 분명 밖이 그립고 아이들과 놀고 싶었을 것이라는 것을, 나무 밑둥치에 아이들을 위한 선물을 놓아둔 사람이 그였다는 사실을 알게 된다.

부 래들리가 아주 따뜻한 사람, 단지 조금 부끄러워하는 사람이라는 걸 알게 된 스카우트는 이렇게 독백한다.

"아빠가 정말 옳았다. 언젠가 상대방의 입장이 되어보지 않고서는 그 사람을 참말로 이해할 수 없다고 하신 적이 있다. 래들리 아저씨네 집 현관에 서 있는 것만으로도 충분했다."

집 안에 틀어박힌 채 바깥출입을 하지 못하는 부 래들리, 혹인이라는 이유로 아무 죄 없이 죄인이 된 톰 로빈슨……. 그들은 앵무새였다. 누구에게도 피해를 준 적이 없는데 사람들은 그들을 향해 편견의 총구, 선입견의 총구를 겨누었다.

이 세상에는 그렇게 부 래들리처럼 외로운 사람이, 톰처럼 억울한 사람이 있을 것이다. 편견의 총구, 선입견의 총구가 그들을 향해 겨눠지고 있기에 외롭고 억울한 사람들. 지금 우리는 그들을 향해 어떤 총구를 겨누고 있을까? 앵무새를 향한 그 총구를 당장 내리는 것, 어린아이의 마음처럼 정직하게 깨어 있는 것. 그것이 곧 사람이 지녀야 할 양심이며 용기가 아닐까.

오노레 드 발자크
『골짜기의 백합』

☑ 희망 없는 그리움도 사랑이다

펜으로 세계를 정복하려는 꿈을 꾸다

'소설의 셰익스피어'라고 불린 오노레 드 발자크Honoré de Balzac, 1799~1850는 프랑스 서남부의 도시 투르에서 관리의 아들로 태어났다. 발자크는 유년 시절 어머니에게 충분한 사랑을 받으며 성장하지 못했는데, 냉정한 모성은 그의 작품의 주요 모티브가 되었다.

자신보다 서른두 살이나 많은 남자와 사랑 없는 결혼을 한 발자크의 어머니는 그가 태어나자마자 유모에게 양육을 맡기는가 하면, 여덟 살에 발자크를 기숙학교로 보내버린다. 외로웠던 소년은 닥치는 대로 책을 읽었다.

나폴레옹의 숭배자였던 발자크는 21세가 되던 어느 날 이렇게 외쳤다. "나폴레옹이 칼로써 이룩한 것을 펜으로 이룩하겠다!"

이후 그는 출판업과 인쇄업에 손을 댔다가 실패해 많은 빚을 지게 되었다. 그는 10만 프랑이 넘는 빚을 갚기 위해 집에 틀어박혀 수도복처럼 긴 옷을 입고 하루에 블랙커피를 50잔씩 마셔가며 글을 써댔다. 그는 결국 죽을 때까지 빚에서 완전히 해방되지 못했지만 문학사에는 20년간 97권이라는 방대한 작품을 남겼다.

"남자의 첫사랑을 만족시키는 건 여자의 마지막 사랑뿐"

발자크가 1835년 발표한 장편소설 『골짜기의 백합』은 18세기 프랑스를 배경으로 젊은 귀족과 유부녀 사이에서 피어난 사랑 이야기를 담고 있는데, 그의 자전적인 사랑 이야기로 알려져 있다. 발자크는 "남자의 첫사랑을 만족시켜주는 것은 여자의 최후의 사랑뿐이다"라는 말을 남긴 바 있다.

실제로 그는 그런 사랑을 했다. 이십 대 초반에 자신보다 나이가 두 배나 많은 유부녀 베르니 부인을 사랑했던 것이다.

"베르니 부인은 이미 남편이 있는 몸이다. 그러나 나에게는 신과 같은 존재이다. 그녀는 나의 친구이며, 어머니이며, 가족이며, 조언자이다."

발자크의 말은 모성 결핍이 그의 애정의 조건을 이루었던 것은 아닐까 생각하게 한다. 연이은 사업 실패로 절망적인 시기를 보내고 있을 무렵 발자크에게 힘이 되어준 베르니 부인은 작품 속에서 모르소프 부인의 모습으로 형상화되어 있다.

귀족 청년 펠릭스는 어머니의 사랑을 모르고 자랐다. 고독한 식물과도 같은 내향적인 청년 펠릭스는 난생처음 가본 무도회에서 구석 의자 끝에 앉아서 한곳만 주시하고 있었다. 그때 어느 부인이 마치 둥지에 내려앉는 새처럼 그의 곁에 앉는다. 그 순간 펠릭스의 가슴 깊이 사랑이 박혀버린다.

펠릭스는 곧 사라져버린 그 여인을 찾아 헤맨 끝에 드디어 그녀가 사는 집을 찾아낸다. 그 여인은 클로슈구르드성의 안주인이었다. 모르소프 백작 부인인 그녀는 의욕을 상실한 무능력자인 데다 우울증 환자인 남편에 중병을 앓는 병약한 아들과 딸을 두고 있었다. 하지만 삶의 품위를 잃지 않았으며, 누구를 원망하거나 낙담하지도 않았다.

그녀의 이름은 앙리에트. 앙리에트는 펠릭스에게 그동안의 인생을 털어놓는다.

"난 괴로움 속에서 죽을 거예요. 내 일생은 영원히 결정지어져버렸어요. 어떤 힘도 그 무거운 쇠사슬을 끊어버리지 못할 거예요."

펠릭스 역시 고독하게 지냈던 이야기를 털어놓고 두 사람은 더욱 가까워진다. 펠릭스는 앙리에트를 향해 뜨거운 사랑을 갈구하지만, 그녀는 자신과 펠릭스 사이에 분명한 선을 긋는다.

"난 유부녀예요. 절대로 마음이 흔들리지 않아요. 그런 말을 하지 마세요. 간단한 약속도 지켜주지 않을 거라면 다시는 우리 집에 오지 마세요."

펠릭스는 앙리에트 곁에 있기 위해 그녀와의 거리를 유지해 나간다. 뜨거운 가슴을 차갑게 식히고, 혼란스러운 마음을 무겁게 감추는 것이 그의 유일한 사랑법이었다.

펠릭스는 고통받는 부인 곁에 계속 머물기 위해 가정교사가 되겠노라 말하지만 부인은 자신 때문에 갇혀버리는 삶을 살아선 안 되며 더욱 출세해 앞으로 아이들을 맡아달라고 부탁하면서 펠릭스의 길을 열어준다.

결국 파리로 떠나게 되는 펠릭스. 파리로 떠나기 전 앙리에트는 그가 없었더라면 이런 생활을 견디지 못했을 거라고 고백한다. 펠릭스는 그동안의 욕망을 터뜨릴 분화구를 찾으려 하지만, 앙리에트는 이를 거부하고, 그저 눈물이 흐르는 펠릭스의 눈에 입술을 맞추며 이해해달라고 말할 뿐이었다.

파리로 간 펠릭스는 그녀의 충고대로 조심스럽게 사교계에 접근하고 출세가도를 달리게 된다. 그러던 어느 날, 앙리에트가 병이 들었다는 소식을 접한 펠릭스는 클로슈구르드 골짜기로 급히 달려간다.

그는 앙리에트를 만나러 가는 도중 의사를 통해 그녀가 알 수 없는 고통에 사로잡혀 죽어가고 있음을 전해 듣게 된다. 마침내 펠릭스가 성에 도착하자 소식을 들은 앙리에트는 단둘이 만날 것을 요구한다. 그녀는 깨끗한 흰옷 차림으로 소파에 앉아 그를 맞이한다.

"아아, 나는 왜 그토록 당신을 기다렸을까요? 당신은 기어이 왔군요. 그런데 나는 그 답례로 이런 꼴을 보여드려야 하다니……"

죽음을 앞두고서야 앙리에트는 그에게 마음을 열어 내보인다.

"당신이 없는 골짜기는 나에겐 쓸쓸하기만 해요…… 당신이 없으면……"

그녀의 뜨거운 입김에 놀란 펠릭스는 그때서야 그녀의 사랑, 그 고통의 크기를 짐작한다. 그러나 너무 늦어버린 일이었다. 펠릭스는 죽어가는 그녀를 보면서 '이제 나 자신의 영혼에서 가장 아름다운 반쪽을 잘라내지 않으면 안 된다'며 자책하고 괴로워한다.

앙리에트는 가족과 펠릭스가 지켜보는 가운데 세상을 떠나고, 펠릭스는 가을 하늘 아래 앉아 그녀가 남긴 편지를 읽는다.

편지 속에는 펠릭스를 처음 만난 후부터 그를 통해 얼마나 큰 기쁨을 얻었는지 그리고 그와의 사랑을 자제하는 것이 얼마나 고통스러웠는지에 대한 앙리에트의 절절한 고백이 담겨 있었다. 그녀 역시 우울한 생활 속에서 펠릭스를 만나 진정한 사랑에 눈 떴던 것이다.

그 편지는 이렇게 끝맺는다.

"나는 곧 골짜기의 품에 안기게 될 겁니다. 당신은 그곳에 자주 들러주시겠어요?"

사랑으로 향하는 물길을 막고 또 막다 더는 어쩌지 못해 터져 나오는 감정의 물결에 떠밀려 일찍 져버린 앙리에트. 그녀는 골짜기에 핀 한 떨기 백합 같은 여자였다.

내게 붙여진 세상의 모든 이름표를 떼어놓고 그의 연인이라는 이름표 하나만 달고 싶은 사랑. 모든 의무와 짐은 내려놓고 그를 향한 마음만 내 등에 올려놓고 싶은 사랑. 현실은 발목을 붙잡 지만 마음은 벌써 그에게로 달려가는 사랑. 곁에 있으면 제대로 바라보지 못해 보고 싶고, 없으면 안 보여서 보고 싶고, 늘 그립고 보고 싶어서 수명이 반으로 줄어들 것만 같은 사랑. 사랑이 빨아들인 독의 영향으로 죽어가는 사랑. 사랑의 독이 육체와 영혼을 태워버리는 사랑……. 그토록 잔인한 사랑도 사랑은 사랑이다.

앤서니 버지스
『시계태엽 오렌지』

☑ 인간은 태엽을 감아줘야 걸어가는 인형이 아니다

시한부 판정을 받은 후 문학에 매진하다

앤서니 버지스Anthony Burgess, 1917~1993는 영국의 작가이자 작곡가이다. 어릴 때 어머니를 여의고 이모와 양어머니 손에 자랐으며, 맨체스터 대학교에서 영문학을 공부했다. 제2차 세계대전에 참전했으며, 버밍엄 대학교와 교육부에서 근무했다.

말레이시아와 브루나이에서 장교로 복무한 후 다시 영국에 돌아온 그는 뇌종양으로 시한부 선고를 받는다. 앤서니 버지스는 이때부터 홀로 남을 아내를 걱정하며 열정적으로 창작에 매달렸다. 하지만 놀랍게도 의사의 진단은 오진으로 밝혀졌고, 그는 이후 33년을 더 살았다.

그의 창작 활동은 계속 이어져 32권의 소설, 2편의 희곡과 시, 연구서, 에세이 등을 남겼다. 그는 오페라와 교향곡, 재즈 음악 작곡에도 열정을 보였으며 1993년 암으로 세상을 떠났다.

인간의 자유의지에 질문을 던지는 20세기의 문제작

『시계태엽 오렌지』는 뇌종양 진단이 오진이라는 사실을 알게 된 후 나온 작품이다. 1962년 발표된 이래 전 세계 문단의 주목을 받았으며 1971년 스탠리 큐브릭 감독에 의해 동명의 영화로 만들어진 이후 더욱 유명해졌다.

전체 3부 구조인 이 작품은 각각 7장으로 구성되어 있으며, 각 부의 첫 장은 "자, 이제 어떻게 될까?"라는 말로 시작한다. 이러한 식의 툭툭 던지는 듯한 어투와 비속어, 욕설이 넘치는 소설 『시계태엽 오렌지』는 열다섯 살 비행 청소년 알렉스가 화자인 1인칭 소설이다.

제목의 '오렌지'는 사람을 뜻하는 말레이시아어 '오우랭Ourang'에서 왔다. 오렌지의 영국식 발음과 비슷한 것을 떠올려 차용한 것으로, 태엽을 감아야 움직이는 시계 같은 인간을 표현한 것이다. 소설은 주인공을 통해 선과 악을 통제하는 인간 의지에 대해 질문을 던지고 있다.

열다섯 살의 비행청소년 알렉스는 친구이자 추종자인 피트, 조지, 딤과 함께 밀크바(1950년대 비알코올 음료를 팔던 곳) 코로바에 앉아 그날 저녁에 무엇을 할까 고심한다. 알렉스는 패거리와 거리를 활보하며 아무 이유 없이 사람을 때리고 물건을 훔치고 여자를 강간하는 등 온갖 잔인하고 끔찍한 악행을 일삼는다. 그에게 유일한 즐거움은 음악이었다. 알렉스에게 음악은 영혼을 정화하는 도구가 아니라 반항의 충동을 고양시키는 도구였다.

그는 여느 날처럼 부잣집을 털다 노파를 살해하게 되고, 친구들의 배신으로 혼자 교도소에 수감된다. 죄질이 무거워 14년형을 선고받고 수감 생활을 하는데, 교도소에서도 동료를 죽이고 그 죄를 혼자 뒤집어쓰게 된다.

그때 교도소장이 그에게 남은 복역 기간을 '갱생요법'으로 대체하면 바로 세상에 나갈 수 있다고 제안한다. 알렉스는 교도소장이 내민 서류에 서명하고 감옥에서 차출되어 브로드스키 박사의 루도비코 요법 실험에 참가하게 된다. 루도비코 요법은 인위적 수술을 통해 인간의 범죄적 속성을 통제하는 기술이다.

수술 전 알렉스를 찾아온 신부는 그 요법이 과연 진짜로 사람을 선하게 만들 수 있는가에 대해 의문을 제기한다. 선함이란 우리가 선택해야 하는 어떤 것이며, 선택할 수 없을 때는 진정한 인간이 될 수 없다는 것이다.

알렉스는 그가 저지른 범행보다 더 끔찍한 치료 과정을 겪는다. 성분을 알 수 없는 주사를 맞고, 무시무시한 범죄 영화를 단 한 장면도 눈을 감지 못한 채 봐야 했으며, 혹독한 고문도 당한다. 잔인하고 비인간적인 치료를 통해 알렉스는 점점 악을 저지를 수 없는 몸이 되어간다. 그는 이제 폭력을 저지르려 하면 토기를 느끼고 루도비코 요법에 사용된 베토벤 교향곡을 들어도 같은 증세를 느낀다. 그리고 마치 기계처럼 말한다.

"저는 그게 잘못이라는 것을 정말 잘 알아요. 그건 잘못이죠. 그건 사회라는 것에 반항하는 일이니까요. 그건 잘못이죠. 왜냐하면 세상의 모든 사람이 맞거나 차이거나 칼에 맞지 않고 살면서 행복할 권리를 가졌으니까요."

치료 과정이 끝나고 진행된 임상 실험. 어떤 사람이 다가와 알렉스를 때리고 짓밟는다. 하지만 알렉스는 어떤 반항도 하지 못한다. 오히려 그의 신발을 핥기까지 하며 그러지 말라고 사정한다. 그 임상 실험을 보며 신부는 말한다.

"쟤는 더 이상 나쁜 짓을 하지 않겠지요. 그러나 또한 도덕적 판단을 내릴 수 있는 신의 피조물도 더 이상은 아니지요."

알렉스의 입에서는 저도 모르게 이 말이 튀어나온다.

"내가 무슨 태엽 달린 오렌지란 말이야?"

그의 치료는 대성공이라는 찬사 속에 끝나고, 알렉스는 이제 악을 행할 수 없는 인간이 되어 출소한다. 그리고 그가 이전에 저지른 악행에 대한 끔찍한 복수가 이어진다. 하지만 알렉스는 어떠한 폭력에도 저항하지 못한다. 자신을 순수한 기쁨으로 채워주었던 교향곡이 고통스러운 구토로 찾아오는 것을 견디지 못한 그는 결국 아파트 창밖으로 몸을 던진다.

자살 실패 후 알렉스가 아직 혼수상태에서 회복되지 못하는 와중에 정부의 심리학자들은 루도비코 요법을 뒤집는다. 그리고 알렉스는 다시 난폭했던 옛날의 그로 돌아간다. 선과 악을 선택하는 자유의지가 가능해진 그때, 그는 결혼한 친구를 보면서 자기도 모르게 행복을 느낀다. 결혼을 하고 아이를 낳고 살아가는 일상의 행복이 가장 큰 행복임을 깨닫게 된 알렉스. 그런 마음을 그는 '철이 드는 것'으로 받아들인다.

"청춘은 가버려야만 해. 암 그렇지. 청춘이란 어떤 의미로는 짐승 같은 것이라고 볼 수 있지. 아니, 길거리에서 파는 인형과도 같은 거야. 양철과 스프링 장치로 만들어지고 바깥에 태엽 감는 손잡이가 있어서 태엽을 끼리릭 끼리릭 감았다 놓으면 걸어가는 그런 인형. 일직선으로 걸어가다가 주변의 것들에 쾅쾅 부딪히지만, 그건 어쩔 수가 없는 것이지. 청춘이라는 건 그런 쬐끄만 기계 중의 하나와 같은 거야."

때려야 말을 듣고, 자극을 줘야 알아차리는 것은 인간이 아닌 다른 동물도 할 수 있다. 사유를 통해 무엇이 선이고 악인지를 판단하고, 왜 선하게 살아야 하는지를 알고, 자신의 선택으로 그 선을 행하는 것. 그것이 인간이 인간다울 수 있는 이유다. 외부의 힘에 의해 태엽이 감겨야 움직일 수 있는 수동적인 기계장치, 그것이 인간이라면 너무 슬프지 않은가.

누군가 태엽을 감아줘야 움직이는 인형이 아닌 나 스스로 선택한 길을 걸어가는 인간으로서 살아가는 것, 그것이 우리가 추구하는 진정한 '선'이어야 한다고 혹독한 청춘의 터널을 통과한 알렉스가 우리에게 전해준다.

앙드레 지드
『좁은 문』

☑ 들고 있으면 팔이 아프고 내려놓으면 마음이 아프다

"불멸의 혼이여, 만세"

『좁은 문』은 인간을 사랑한 소년 제롬과 신을 더 사랑한 소녀 알리사의 어긋날 수밖에 없는 운명을 그리고 있다. 앙드레 지드André Gide, 1869~1951는 『좁은 문』의 주인공 제롬처럼 두 살 위인 외사촌 누이 마들렌 롱도를 오랜 시간 사랑했다.

어머니가 돌아가신 후 끈질기게 구애해 그녀와 결혼식을 올리지만, 결혼 후에도 지드는 마들렌을 숭고하게 생각해 그녀와 성관계를 맺지 않았다. 두 사람은 마음으로 서로를 지극히 사랑하면서도, 이른바 '백색 결혼'을 유지해 마들렌은 일생을 금욕적으로 지냈다. 임종할 때 지드는 이렇게 말했다.

"불멸의 혼이여, 만세!"

비난과 찬사를 동시에 받았던 문제작

앙드레 지드가 3년에 걸쳐 수없이 포기하고 다시 시도하기를 거듭한 끝에 1909년 발표한 『좁은 문』은 루가복음 13장 24절 "좁은 문으로 들어가기를 힘쓰라"에서 제목을 땄다.

이 작품이 처음 발표되었을 때 격렬한 논쟁이 벌어졌는데 지드는 신성을 비난했다는 비난과 종교의 구태를 벗겨냈다는 찬사를 동시에 받았다. 그러한 비난과 찬사 속에 앙드레 지드는 유명 작가 반열에 이름을 올렸다.

『좁은 문』은 제롬과 알리사의 사랑 이야기를 다룬 작품으로 소설 전체에 흐르는 아름다운 서정과 섬세하고 정교한 심리묘사가 매혹적이라는 평을 받고 있다.

일찍이 아버지를 여읜 제롬은 방학 때마다 외삼촌 집에 내려와 두 살 위인 알리사, 한 살 아래인 쥘리에트, 막내 로베르와 함께 어울려 지냈다. 그런데 어느 날 알리사의 어머니가 권태로운 시골 생활을 견디지 못하고 젊은 장교와 도망쳐버린다.

그 일로 슬픔에 젖어 눈물 흘리는 알리사의 얼굴을 봐버린 제롬은 독백한다. 그 순간이 그의 생애를 결정해버렸다고. 그 후 단 한 번도 고통 없이 그 순간을 떠올릴 수 없었다고.

부도덕한 어머니의 가출은 알리사에게 깊은 상처를 남긴다. 어머니가 떠나고 며칠 후 들은 목사님의 설교가 그녀의 마음에 박힌다.

"좁은 문으로 들어가기를 힘쓰라. 멸망으로 인도하는 문은 크고 그 길이 넓어 그리로 들어가는 자가 많고, 생명으로 인도하는 문은 좁고 그 길이 협소하여 찾는 이가 적음이니라."

두 사람은 서로를 사랑하게 되고, 제롬은 알리사의 동생인 쥘리에트에게 이렇게 고백한다.

"인생이 나에게는 하나의 긴 여행처럼 생각돼. 알리사와 함께 책이며 사람들이며 나라들을 두루 거치며 여행하는 길고 긴 여행이 바로 인생이야."

알리사 역시 제롬을 사랑한다.

"나는 네가 있어야 참된 나일 수 있고, 또 그 이상일 수 있다는 것을 깨달았어."

그러나 알리사는 그 사랑을 억누르며 제롬을 멀리한다. 어머니에 대한 트라우마도 작용했고 제롬을 사랑하는 여동생에 대한 애정도 있었지만, 결국 그녀의 가치관 때문이었다.

제롬은 끊임없이 알리사에게 사랑의 편지를 보내고, 알리사도 답장을 보낸다.

"제롬. 나는 네 곁에서 이보다 더 행복해질 수 없을 만큼 행복을 느껴. 하지만 우리는 행복을 위해 태어난 것이 아니야."

제롬은 묻는다.

"영혼이 행복한 것보다 더 뭘 바란단 말야?"

알리사가 대답한다.

"성스러움."

좁은 길로 나아가려는 알리사는 성스러움 때문에 제롬의 사랑을 받아들지 못하고, 그런 그녀를 향해 제롬은 절규한다.

"너 없이는 난 거기에 이르지 못해. 너 없이는 난 못 해!"

그날 저녁 알리사는 자수정 목걸이를 목에 걸지 않고 나타났고, 그걸 본 제롬은 쓸쓸한 마음으로 그녀의 곁을 떠난다. 알리사가 저녁에 식사하러 내려올 때 자수정 목걸이를 목에 걸지 않으면 다음 날 바로 이곳을 떠나달라는 뜻이라고 서로 신호를 정해두었던 것이다.

제롬은 알리사를 단념하고 3년의 세월을 보낸다.

3년이 흐른 후 다시 만났을 때, 알리사는 놀랄 정도로 야위고 파리해진 모습이었다. 그리고 그로부터 한 달 후 제롬은 쥘리에트에게 그녀가 작은 요양원에서 숨졌다는 편지를 받게 된다. 알리사는 고통스럽게 사랑과 싸우는 대신 죽음을 택했던 것이다.

제롬은 알리사가 쓴 일기장을 받게 된다. 그녀가 남긴 일기장에는 이런 기도가 쓰여 있었다.

"나의 하느님, 제 마음을 당신께 바치고자 하오니, 그를 저에게 주옵소서. 나의 하느님, 단지 그를 다시 만나게만 해주시옵소서. 제 입술에서 그의 이름을 멀리할 수도 없고, 제 마음의 괴로움을 잊을 수도 없나이다."

절절하게 제롬을 그리워했으면서도 왜 알리사는 그와 함께 가는 길을 택하기를 거부했을까? 남에게는 쉬운 행복이 그녀에게는 왜 그토록 어려웠던 것일까? 알리사가 선택한 길은 너무나 좁아서 둘이서 나란히 걸어갈 수 없는 것이었다. 어떤 인생의 길을 걸어야 하는지, 그 선택의 차이가 두 사람의 사랑을 가로막는 장벽이 되었고 지울 수 없는 아픔으로 남았다.

　이해할 수는 없지만 그런 사랑도 사랑이다. 서로를 사랑하는 것이 분명한데도 다가갈 수 없는 사랑도 있고, 들고 있으면 팔이 아프고 내려놓으면 마음이 아픈 사랑도 있다. 그런 이들에게 사랑은 슬픔과 이음동의어가 아닐까.

존 파울즈
『프랑스 중위의 여자』

☑ 사랑, 진짜 나를 찾아가는 여정

영국의 대표적인 포스트모더니즘 소설가

존 파울즈John Fowles, 1926~2005는 영국 남부의 에식스주에서 태어났다. 옥스퍼드 대학교에서 프랑스 문학을 전공하며 카뮈와 사르트르, 누보로망의 영향을 받았다. 프랑스와 그리스에서 영어 교사로 일하다가 1952년 영국으로 돌아온 후에는 대학 강단에 서며 소설을 쓰기 시작했다.

1963년 발표한 데뷔작 『콜렉터』는 존 파울즈라는 이름을 많은 이들에게 각인시켰으며, 1969년 출간된 『프랑스 중위의 여자』는 그의 소설들 중 가장 큰 찬사를 받았다. 파울즈는 이 작품으로 1970년 W. H. 스미스 문학상을 받았으며, 2005년 『타임』지가 선정한 '20세기 100대 영문 소설'에 이름을 올리기도 했다.

19세기 젠틀맨과 수수께끼 여인의 사랑

19세기의 젠틀맨 찰스와 수수께끼 같은 여인 사라의 사랑 이야기를 다루고 있는 『프랑스 중위의 여자』는 빅토리아 시대의 영국을 세심하게 재현하고 있다. 시대의 위선과 억압에서 벗어나려는 그들의 몸부림은 자유에 대한 열정이 메말라버린 20세기에 대한 우화로 읽히기도 한다.

19세기 소설의 관습인 전지적 작가 시점을 수용하면서도 이를 슬며시 조롱하고 있는 이 작품은 포스트모더니즘 소설의 대표적 사례로 평가받는다. 1981년에는 카렐 라이즈가 연출하고 메릴 스트리프, 제러미 아이언스가 주연을 맡아 동명의 영화로 만들어지기도 했다.

소설의 첫 장을 열면 바람 소리가 들리기 시작한다. 1867년 영국 남서부 해안의 작은 마을 라임의 황량한 바닷가를 결혼을 앞둔 남녀가 산책하고 있다. 몰락해가는 귀족 청년 찰스와 신흥 부자의 외동딸인 어니스티나가 그들이었다.

약혼녀의 이모 집에 와서 바닷가를 거닐던 찰스는, 멀리서 한 여인이 방파제 끝에 서 있는 것을 보게 된다. 그 여인의 별명은 '프랑스 중위의 여자'다. 떠나버린 프랑스 중위를 기다리는 미쳐버린 여자라고 어니스티나가 찰스에게 알려준다.

찰스는 '프랑스 중위의 여자'의 슬픔을 머금은 얼굴에서 심장을 찌르는 '창'과 같은 느낌을 받는다. 프랑스 중위에게서 버림받았다는 이유 하나만으로 마을의 온 주민이 멸시하고 조롱하는 대상이 된 여자, 사라. 찰스는 사라를 다시 만났을 때 자신의 감정을 알지 못한 채 그녀에게 도와주겠노라고 말한다.

사라는 그 누구에게도 말하지 못한 프랑스 중위와의 사랑에 대해 찰스에게 말해준다. 난파되어 구조된 프랑스 중위에게 마음을 주었고, 부상에서 완쾌되어 본국으로 돌아가는 그의 거처에 찾아가서 하룻밤을 보냈다고. 그러나 프랑스로 돌아가 결혼했다는 편지를 받았다고. 그렇게 배신당한 뒤 사랑에 대한 쓸쓸함으로 자신의 마음을 학대하며 살았다는 사라의 이야기를 찰스는 가만히 들어준다.

그 후, 사라는 여주인 풀트니의 명령을 위반한 일로 인해 가정교사로 일하던 집에서 쫓겨나게 된다. 마지막으로 한 번만 만나달라는 편지만 찰스에게 남기고 행방이 묘연해진 것이다. 그녀와 사랑에 빠질 경우 명예를 잃고 약혼녀와도 파혼할 것을 우려한 찰스는 믿을 만한 아일랜드인 그로건 박사에게 이 문제를 상담하지만 결국 그녀와의 약속 장소로 가고 만다.

찰스는 사라가 은신하고 있던 집으로 가서 함께 밤을 보낸다. 그리고 그녀가 프랑스 중위와 놀아나지 않았다는 사실을 알게 된다. 약혼자가 있는 몸으로 사라와 관계를 가졌다는 진실 앞에 찰스는 심한 갈등을 느끼는데…… . 그리고 사라는 또 사라진다.

결국 찰스는 그녀 때문에 미래가 보장된 결혼을 포기하고, 모든 것을 다 잃고 만다. 사라를 찾아 헤매다 어렵게 런던 어딘가에서 재회하게 된 찰스는 애원한다.

"나는 내가 가진 모든 것을 백번이라도 다시 희생할 수 있소. 당신을 알 수만 있다면……."

하지만 사라는 그의 사랑을 받아들이지 않는다. 그러자 찰스는 고통스럽게 말한다.

"당신은 내 가슴에 비수를 꽂았을 뿐만 아니라 그 칼을 비트는 데서 기쁨을 느끼고 있소."

절망하는 찰스에게 사라는 둘의 사랑으로 태어난 딸을 보여준다. 그러나 찰스는 등을 돌려 그 집을 떠난다.

책장을 덮고 나면 수많은 물음이 떠오른다. 사라는 왜 그토록 사랑 앞에서 잔인해야 했던 것일까? 한 남자의 파멸을 지켜보면서도 그 사랑을 받아들이지 못했던 사연은 무엇일까? 왜 그녀는 사랑을 위해 모든 것을 내려놓았던 순수한 남자의 꿈을 물거품으로 만들어야 했을까? 왜 사랑하는 남자를 떠나 미혼모로 사는 길을 선택한 것일까? 그녀의 마음이 궁금해질 즈음 책의 첫머리에 쓰인 카를 마르크스의 구절이 떠오른다.

"모든 해방은 인간세계의 회복이며 인간 자신에 대한 인간관계의 회복이다."

사라의 사랑은 결국 자신을 찾아가는 여정이었고, 그녀는 어떤 구속도 원치 않았던 것이다. 그녀는 그저 자유롭고 싶었을 뿐이었다. 그것이 사랑이라 할지라도 자신을 옥죄는 모든 것으로부터 해방되고 싶다는 것. 그녀에게는 그것만이 분명한 사실이었다.

이미 고독의 행복을 알아버린 그녀의 선택이 슬퍼질 때, 2층 창에 외로운 그림자로 어려 있는 사라가 전해준다. 나조차 모르는 마음, 그것이 사랑이라고.

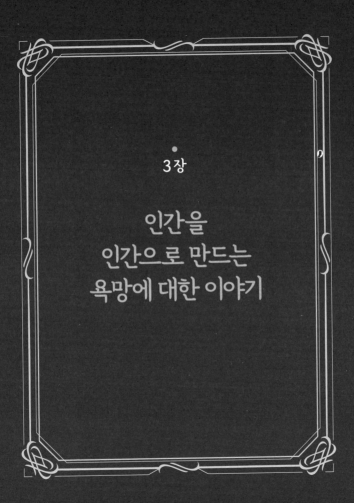

3장

인간을
인간으로 만드는
욕망에 대한 이야기

빅토르 위고
『파리의 노트르담』

☑ 전나무는 아름답지 않지만 겨울에도 그 잎을 간직한다

영국에 셰익스피어가 있다면, 프랑스에는 위고가 있다

빅토르 위고Victor Marie Hugo, 1802~1885의 아버지는 나폴레옹 휘하의 장군이었다. 때문에 위고는 어린 시절을 아버지의 군대가 주둔해 있던 이탈리아, 스페인 등지에서 보낸다. 그는 낭만주의 문학의 선구자 샤토브리앙을 흠모했다. 17세에 문단에 데뷔하였고, 21세에 작가로서 명성을 얻었다.

상원의원으로 활동했고 파리 8구의 임시 시장으로 임명되기도 했던 그는 나폴레옹 3세의 왕정에 맞섰고 그로 인해 추방령을 받아 1851년 벨기에로 떠나야 했다. 망명 생활 중에 『레미제라블』을 발표했던 그는 1885년 5월 22일 괴테처럼 83세의 나이에, 스스로 예언했듯이 "장미가 만발하는 계절에" 폐출혈로 사망했다.

"영국은 셰익스피어, 독일은 괴테, 이탈리아는 단테, 러시아는 톨스토이, 그렇다면 프랑스는?"이라는 질문에 앙드레 지드는 이렇게 답했다고 한다.

"당연히 위고지!"

낡은 성당에 남겨진 죄의 흔적, 모티브가 되다

'노트르담의 꼽추'라는 제목으로 더 잘 알려진 『파리의 노트르담』은 빅토르 위고가 1831년 발표한 작품이다. 그는 이 책을 쓰기 몇 해 전 노트르담 성당에 가게 됐는데, 그곳의 탑 속 어두운 구석에 'ANATKH숙명'라는 낱말이 새겨진 것을 보게 된다. 그리고 이런 생각을 하게 된다.

'낡은 성당 안에 이런 죄의 흔적을 남긴 사람은 누구일까? 이런 불행의 흔적을 남기지 않으면 죽을 수 없을 만큼 지독한 고민에 빠진 사람은 누구일까?'

빅토르 위고는 곧바로 『파리의 노트르담』을 쓰게 되었다. 이 소설은 15세기 프랑스 파리의 노트르담 성당을 주 무대로, 당시의 혼란스러웠던 사회상과 부당한 형벌 제도를 담고 있는 역사소설이다. 그러나 잔인하고도 치명적인 사랑의 비극을 담은 소설이라는 표현이 더 맞을 것이다.

부활절이 지난 첫 일요일, 아침 미사가 끝난 후 노트르담 성당 앞뜰에 흉측한 모습을 한 아이가 버려져 있었다. 사람들은 이 아이를 신의 저주라며 활활 타오르는 장작불에 버리자고 했지만, 젊은 신부 한 사람이 자신이 데려가 키우겠다고 말한다. 그는 클로드 프롤로 신부였다. 신부는 애꾸에 꼽추, 절름발이인 아이에게 영세를 주고 '콰지모도'라고 이름도 지어준다. 콰지모도는 '절반만 인간'이라는 뜻이다.

스무 살이 된 콰지모도는 노트르담 성당의 종지기가 되었다. 성당에서 자라난 콰지모도에게 노트르담의 성당은 집이자 보금자리이고 온 세상이었다. 성당 어디든 그가 가지 못할 곳은 없었고 높고 험한 종탑도 그에게는 두려움의 대상이 아니었다. 종소리 때문에 고막이 상해 귀가 먼다 해도 콰지모도에게 종소리는 유일한 노래이자 자장가였고, 위안이었다.

콰지모도가 성당만큼, 아니 그보다 더 사랑하는 대상이 있었으니 자신을 양자로 거둬서 길러준 클로드 프롤로 부주교였다. 그에게 클로드 부주교는 은인이자 아버지였고 신앙이었다. 그런데 무서운 자제력과 통제력으로 자신을 담금질하며 살아왔던 클로드 부주교에게 사랑이 찾아온다.

그는 성당 아래 광장에서 춤추는 아름다운 집시 처녀 에스메랄다에게 금지된 감정을 품게 된다. 고통스러운 사랑에서 벗어나기 위해 집시 여자들이 성당 앞 광장에서 춤추는 것을 금지하는 포고령까지 내리지만, 에스메랄다는 그 어떤 협박에도 아랑곳않고 계속 성당 앞뜰에 나타나 춤을 추고 노래한다.

결국 그녀를 안고 싶은 욕정을 이기지 못해 클로드 신부는 콰지모도에게 그녀를 납치해 오게 한다. 그러나 콰지모도는 납치 도중에 붙잡히고, 에스메랄다는 자신을 구해준 근위 순찰대장인 페뷔스에게 반한다. 콰지모도에게는 혹독한 형벌이 가해진다. 거리에서 채찍을 맞는 그를 향해 욕설이 쏟아지고 돌맹이가 날아든다. 클로드 부주교마저 등을 돌린다.

물 좀 달라는 콰지모도의 간청에 사람들은 걸레를 던지고 깨진 그릇을 던진다. 그런데 그때 한 여성이 앞으로 나와 허리띠의 물통을 풀어 그의 마른 입술로 가져간다. 바로 에스메랄다였다. 콰지모도는 눈물을 흘리며 그녀를 본다. 그 순간 그의 마음에도 사랑이 시작되고 있었다.

한편 클로드 부주교는 에스메랄다를 향한 사랑의 불길을 끌

수 없어 괴로워한다. 주먹을 쥔 채 고통으로 부르르 떨다가 벽에다 희랍어를 크게 새긴다. ANATKH(숙명). 에스메랄다를 염탐하던 그는 그녀와 페뷔스의 애정 행각을 지켜보다 질투에 눈이 멀어 단도로 페뷔스를 찌른다. 그리고 정신을 잃은 에스메랄다에게 불같이 뜨거운 입술을 댄다.

그녀가 정신을 차렸을 때는, 클로드 부주교는 사라지고 경찰들이 그녀를 둘러싸고 있었다. 에스메랄다는 페뷔스의 살인죄를 뒤집어쓴 채 교수형을 선고받는다. 에스메랄다의 처형을 앞둔 날, 클로드 부주교는 파리 재판소의 지하 감옥으로 찾아가 자신의 고통을 토로하며 함께 달아나자고 애원한다.

"날 가엾게 여겨주시오. 성직자의 몸으로 한 여자를 사랑한다는 것! 미치도록 그 여자를 사랑한다는 것! 그녀의 사소한 미소하나를 위해 자신의 모든 것을 바쳐도 좋다고 생각하는 것! 밤낮으로 그녀의 꿈과 생각으로 그녀를 껴안는 것! 이것이 지옥이 아니고 무엇인가! 제발 날 살려주오! 이 지옥에서 날 좀 꺼내주오!"

하지만 에스메랄다는 페뷔스의 생사만을 묻는다. 그가 죽었다는 답에 그녀는 눈물을 흘리며 이렇게 말한다.

"그렇다면 저더러 왜 살라는 거죠?"

다음 날 에스메랄다가 사형당하기 직전, 갑자기 난간을 뛰어넘어 사형집행관을 때려눕히는 사람이 있었다. 콰지모도였다. 콰지모도는 에스메랄다를 어깨 위로 들어 올리고는 폴짝 뛰어 성당 안으로 들어간다.

신성불가침권을 이용해 에스메랄다를 성당으로 데리고 들어온 콰지모드는 자신의 추한 모습 때문에 벽 뒤에 숨어서 나오지 않는다. 방으로 들어오라는 에스메랄다에게 콰지모도는 "부엉이는 종달새의 보금자리에 들어가지 않는 법"이라며 조그만 호각 하나를 바닥에 놓고는 도망치듯 달아난다.

"제가 필요하실 때나 저를 보는 것이 무섭지 않을 때는 이걸 부세요."

어느 날 아침, 에스메랄다는 성당 지붕 너머로 광장을 내려다보다가 페뷔스를 발견한다. 그가 죽지 않고 살아 있었던 것. 하지만 페뷔스는 이미 그녀의 존재를 잊은 지 오래였다. 처형장에도 다른 여자와 구경을 나왔었다. 그럼에도 그에 대한 사랑을 멈출 수 없었던 에스메랄다는 콰지모도에게 페뷔스를 자신에게 데려다 달라고 애원한다. 콰지모도는 그 길로 뛰쳐나가 그녀의 요청을 전하지만, 다른 여자와의 결혼을 앞둔 페뷔스는 들은 척도 하지 않는다.

어느 날 에스메랄다가 무서워하던 조각물이 치워져 있었다. 목숨을 걸고 높은 곳까지 올라가 그걸 치운 사람은 콰지모도였다. 저녁이면 종탑에서 콰지모도의 슬픈 노랫소리가 들려왔다.

"얼굴을 보지 마시고 마음을 보세요. 전나무는 아름답지는 않지만, 겨울에도 그 잎을 간직한다오."

한편 그녀가 구출되었다는 사실을 알게 된 클로드 부주교는 자고 있는 에스메랄다에게 다가가 그녀를 끌어안는다. 에스메랄다가 위험을 느끼고 호각을 불자 콰지모도가 달려오고, 침입자를 들어 올려 죽이려는 순간 달빛에 상대의 얼굴이 드러난다.

콰지모도가 놀라 뒤로 물러서자 클로드 부주교는 단도를 들고 그에게 달려든다. 에스메랄다가 칼을 뺏어 드는 바람에 뜻을 이루지 못한 클로드는 "아무도 그녀를 갖지 못하리라!"라는 말을 남기고 물러난다.

클로드는 그녀를 차지하기 위해 부랑배들로 하여금 노트르담 대성당을 포위하고 공격하게 한다. 콰지모도는 그들이 에스메랄다를 죽이러 온 군중인 줄 알고 맞서 싸우고, 그 틈을 타 클로드 부주교는 그녀를 밖으로 빼낸다. 죽음과 자신 중 하나를 선택하라며, 다정한 말 한마디만 해달라고 애원하지만 에스메랄다는 끝까지 그를 거부한다. 결국 그녀는 교수형에 처해진다.

클로드 부주교는 에스메랄다가 처형당하는 것을 한눈에 볼 수 있는 성당 꼭대기로 올라간다. 사형집행관이 사다리를 발뒤꿈치로 툭 차서 밀어버리자, 교수대에 매달린 에스메랄다는 온몸을 뒤틀며 괴로워한다. 목을 쑥 빼고 그 광경을 보고 있던 부주교는 악마의 웃음을 짓는다.

모든 것을 알게 된 콰지모도는 격분하여 그에게 달려든다. 그가 밀치자 클로드는 아래로 떨어졌고, 저 너머 교수대에 매달린 에스메랄다는 마지막으로 전율하고 있었다. 콰지모도는 가슴을 들썩거리며 흐느끼듯 말한다.

"아아, 내가 사랑했던 모든 것들이⋯⋯."

1년 반이 지난 후, 몽포콩의 무덤에서 시체를 껴안고 있는 또 한 사람의 시체가 발견된다. 여자의 유골을 끌어안고 있는 남자의 유골이었다. 아무 상처가 없는 것으로 보아 교수형을 당한 시체는 아니었다. 사나이는 이곳에 와서 그대로 죽은 것임에 틀림없었다. 처형된 에스메랄다를 껴안고 죽은 남자는 바로 콰지모도였다. 사람들이 그를 떼어내려 하자 그들은 곧 먼지가 되어 흩어졌다.

핏빛 집착과 악마의 저주 같은 클로드 부주교의 사랑, 함께라면 죽어도 좋은 콰지모도의 사랑, 생각만 해도 눈물이 어리는 에스메랄다의 사랑……. 마치 달팽이처럼 서로가 서로의 등을 향해 있는 쓸쓸한 사랑을 했던 그들에게 사랑은 축복이 아니라 형벌이었다. 행복이 아니라 외로움이었고, 생명이 아니라 죽음이었다.

사랑이 집착이 되어버리면 그것은 죄악이다. 그러니 사랑한다면 놓아줄 수도 있어야 한다. 사랑한다면 그의 사랑을 존중해줄 수 있어야 한다. 사랑한다면 그의 마음을 헤아려 멀리 거리를 둘 수 있어야 한다. 차마 몸을 돌릴 수 없어도 마음으로 그 몸을 밀어 돌아설 수 있어야 한다.

사랑의 집착으로 악의 화신이 되어버린 클로드 부주교는 가장 비극적인 사랑을 했다. 가장 사랑을 할 줄 알았던 이는 콰지모도다. 콰지모도가 에스메랄다의 주검을 껴안고 죽은 것은 사랑의 완성이다. 완전한 결합이다. 에스메랄다도 저세상에서 콰지모도의 얼굴이 아닌 마음에 황홀해하며 그의 사랑에 행복해하지 않았을까.

펄 벅
『대지』

☑ 고난과 싸운 후에야 진정한 인생이 시작된다

삶의 고통이 글을 쓰는 이유가 되다

펄 벅Pearl Sydenstricker Buck, 1892~1973은 미국에서 태어나자마자 선교사인 아버지를 따라 중국으로 건너갔고, 거기서 오랜 세월을 살았다. 미국의 랜돌프 메이컨 여대에 진학해서 보낸 4년이 1934년 중국을 완전히 떠나기 전, 가장 긴 시간 미국에 머문 기간이었다. 그녀에게는 모국인 미국보다는 중국이 더 친숙한 공간이었다.

어머니를 잃은 이듬해인 1922년 8월 펄 벅은 노트에 이렇게 썼다.

"바로 이날 나는 쓰기 시작하련다. 나는 드디어 준비가 되었다."

그러고는 어머니의 모습을 담은 작품 『어머니의 초상』을 쓰기 시작했다. 그녀가 첫 남편과의 사이에서 낳은 두 딸 중 큰딸 캐럴은 지적장애인이었다. 『자라지 않는 아이』에서 펄 벅 자신이 밝혔듯, 큰딸의 존재는 그녀가 소설을 계속 쓰게 하는 동기가 되었다. 딸의 특수교육비를 대기 위해서는 많은 돈이 필요했던 것이다. 그때 그녀가 내놓은 첫 작품이 『동풍서풍』이었다. 이 소설은 서양에 대해 배워가는 한 중국 여인에 관한 이야기다.

노벨문학상을 수상한 최초의 미국 여성

펄 벅을 세계적인 작가로 만든 작품은 바로 『대지』이다. 1931년과 1932년 미국 최고의 베스트셀러였으며, 그녀는 이 작품으로 퓰리처상을 받았다. 1937년에는 동명의 영화로 만들어져 여러 부문의 오스카상을 수상했다. 그다음 해에는 노벨문학상을 수상해 펄 벅은 미국에서 최초로 노벨문학상을 받은 여성이 되었다.

『대지』는 땅을 사랑하는 가난한 농부 왕룽과 그 아들들, 손자들로 이어지는 3대에 걸친 파란만장한 이야기이다. 『대지』, 『아들들』, 『분열된 일가』의 3부작으로 이루어져 있으며, 왕룽 일가의 역사를 통해 도전과 갈등에 대처하는 인간의 운명을 다루고 있다.

『대지』에 나오는 왕룽의 아내인 오란은, 봉건적 윤리의식 속의 여성을 들 때마다 언제나 거론되는 여성상이다. 작품 속 왕룽의 딸의 모델이 그녀의 큰딸 캐럴이라는 것 또한 널리 알려진 사실이다.

1930년대, 중국 안휘성에 사는 가난한 농민인 왕룽은 자신이 머슴살이를 하던 황 부잣집의 여종인 오란과 결혼하기로 마음 먹는다. 그는 집 안을 잘 정돈한 다음 신부를 맞기 위해 황 부잣집으로 간다. 오란은 어릴 적 이 집에 종으로 팔려 와 10년간 혹사당하다 왕룽에게 시집보내지는 것이었다.

두 사람은 열심히 씨 뿌리고 가꾸고 일구고 거두며 부지런히 일한다. 아이들이 태어났고, 열심히 일한 덕에 황 부잣집의 땅도 살 수 있었다. 이제 왕룽에게도 땅이 생긴 것이다.

그러던 어느 날 극심한 가뭄이 찾아온다. 뙤약볕 아래 모든 초목이 시들었고, 그토록 사랑했던 땅은 그들에게 아무것도 주지 못했다. 아이들은 굶주림을 견디다 못해 밭의 흙을 파먹었고, 넷째 아이는 태어나자마자 세상을 떠났다. 땅을 팔라고 읍내 사람들이 찾아오지만, 왕룽은 죽어도 그 토지만은 팔 수 없다고 다짐한다. 그리고 땅을 사려는 사람들에게 이렇게 말한다.

"나는 절대로 땅을 팔지 않겠소! 한 줌 한 줌 밭의 흙을 파내어 다 아이들에게 먹이겠소. 그러다가 애들이 굶어죽으면 그 땅에다 아이들을 묻겠소. 나도 내 아내도, 늙은 우리 아버지도 우리에게 생명을 준 그 땅에 묻히겠소!"

결국 그들은 집안의 가구를 팔아 기차표를 사서 남쪽 도시로 떠난다. 도시에서 왕룽은 인력거 운전을 하고, 오란은 아이들과 함께 동냥을 하며 근근이 살아간다. 전쟁의 그림자가 다가오면서 혼란스러운 상황이 이어지는데, 오란은 부자들이 피난을 떠나며 숨긴 재산을 찾아낸다. 덕분에 왕룽은 가족들과 큰돈을 가지고 고향으로 돌아오게 된다.

황 부자가 아편 중독으로 가산을 탕진한 상태라 왕룽은 더 많은 토지를 사들일 수 있었고, 풍년이 들어 땅은 많은 소출을 냈다. 부자가 되어 하인들이 생기고 생활이 편해지자 왕룽은 유곽의 여자 렌화를 집에 끌어들인다.

한동안 여자에게 빠져 환락의 늪에서 헤어날 줄 모르던 왕룽은 검붉은 대지가 황량한 가을바람과 이글이글 타는 태양 아래 빛나고 있는 것을 보고 대지가 외치는 소리를 듣는다. 예전에 타관에서 온갖 고생을 할 때도 떠올리기만 하면 위로를 주었던 대지가 이번에는 애욕의 병을 낫게 해주었다. 그는 눅눅한 흙의 감촉을 발로 느끼고, 물씬 솟는 흙 내음을 맡는다. 그리고 억척같이 일을 한다.

그러던 어느 날, 남쪽에서 검은 구름 한 조각이 나타나더니 부채처럼 펼쳐지며 하늘을 뒤덮었다. 주위가 밤처럼 캄캄해지고 메뚜기들끼리 부딪히는 소리가 진동했다. 메뚜기 떼의 습격이었다. 왕룽은 겁에 질려 있는 마을 사람들 사이로 뛰어다니며 소리친다.

"우리의 귀중한 땅을 지키기 위해 하늘에서 내려오는 저놈의 원수와 싸워야 해!"

어떤 사람들은 소용없는 짓이라며 고개를 절레절레 흔들었지만 왕룽은 그의 일꾼, 젊은 농부들과 함께 온 힘을 다해 메뚜기 떼에 맞선다. 닥치는 대로 메뚜기를 후려치고 짓밟고 때린다. 메뚜기 떼 덕분에 왕룽은 다른 골칫거리는 모두 잊고 오직 하나에만 몰두할 수 있었다. 또 다른 사람들과도 뜻과 힘을 모을 수 있었다. 덕분에 그의 가장 좋은 밭들은 무사할 수 있었고, 왕룽은 더 큰 부자가 되었다.

그런데 아내 오란이 병이 든다. 완쾌하는 데 큰돈이 든다고 하자 그녀는 남편에게 말한다.

"내 목숨엔 그만한 가치가 없어요. 그만한 돈이면 훌륭한 땅을 한 덩어리 살 수 있어요."

사람의 목숨은 언제고 끝나지만 땅은 언제까지나 남아 있을 거라며 땅을 팔지 못하게 하는 오란. 병세가 깊어진 그녀는 큰아들의 결혼식을 지켜본 뒤 "비록 내가 못생기긴 했어도 어쨌든 나는 아들을 낳았어요. 종년에 지나지 않더라도 내 집에는 아들이 있어"라고 말하며 세상을 떠난다.

오란을 잃은 뒤 왕룽은 깊은 후회를 하지만 벌어진 일을 돌이킬 수는 없었다. 게다가 아버지마저 세상을 떠나버리자, 이제 자신도 늙고 힘없는 노인이 되어가고 있음을 깨닫는다. 왕룽은 자신에게 죽음이 다가오고 있음을 알게 되고, 휘황한 성 안의 집을 떠나 성 밖의 초라한 흙집으로 돌아온다. 그가 가난한 농부였던 시절에 오란과 살았던 그 집이다.

그는 이곳에서 남은 생을 정리하며 죽음을 준비하고, 땅과 함께 살아온 자신의 삶을 회한한다. 하지만 그의 세 아들은 아버지의 토지를 팔 궁리만 한다. 토지를 생명으로 여기는 왕룽은 아들들에게 호통을 친다.

"땅을 손에서 놓는 것은 우리 집이 몰락하는 것과 같다! 우리는 땅에서 왔고, 다시 그 땅으로 돌아가야만 해. 아무도 땅을 떼어 가지는 못한다! 너희가 땅을 팔면 그걸로 끝장이야!"

우리 모두는 대지 위에서 살아간다. 희망을 품었다가 절망도

하고, 누군가를 사랑도 하고 미워도 한다. 무엇인가에 끊임없이 집착하기도 하고, 쥔 것을 놓지 않으려 몸부림칠 때도 있다. 왕룽이 그러했던 것처럼, 그렇게 우리도 대지 위에서 살아간다. 그리고 대지 위로 까맣게 몰려들었던 메뚜기 떼처럼 우리 삶에도 고난이 몰려올 때가 있다.

몰려드는 고난에 움츠러들 때마다 왕룽을 떠올려보게 된다. 왕룽이라면 이 순간 어떻게 했을까. 오히려 다른 고민거리를 모두 잊고 오직 맞서 싸우는 데만 집중할 수 있으니 얼마나 좋으냐고 웃지 않았을까. 고난 덕분에 힘든 역경을 함께 견딜 내 편을 알아볼 수 있으니 얼마나 고마운 일이냐고 말하지 않았을까. 시련과 눈물이 오히려 살아가는 힘이 되어준다고, 그러니 작은 시련에 쉽게 나약해지지 말라고 주먹 불끈 쥐고 응원해주지 않았을까.

장 폴 사르트르
『구토』

☑ 색소폰 소리처럼 적당히 괴로워하라

사르트르가 노벨문학상 수상을 거절한 이유

프랑스가 낳은 세계적인 작가이자 철학자인 장 폴 사르트르Jean Paul Sartre, 1905~1980를 수식하는 단어들은 무수히 많다. 실존주의의 창시자, 노벨문학상을 거절한 사람, 20세기 최고의 지성 그리고 시몬 드 보부아르와 계약 결혼한 남자.

사르트르는 파리 출생으로 두 살 때 아버지를 잃고 외조부 슬하에서 자랐다. 파리고등사범학교를 졸업한 후 1929년 교수 자격시험에 1위로 합격한 사르트르는 당시 2위로 합격한 보부아르에게 2년간의 계약 동거 생활을 제안한다. 계약 조건은 다른 이성과의 연애 가능성을 배제하지 않으면서 상대방의 자유를 최대한 인정해주며 어떤 비밀도 갖지 않는다는 것이었다. 그들의 계약 결혼 관계는 평생 지속되었다.

사르트르는 1964년 노벨문학상 수상자로 선정되었으나 수상을 거부하였다. 그의 거절 이유는 이것이었다.

"이 상의 수상은 나의 이념과 같은 길을 걸어가는 이념적 동지들을 배반하는 결과를 낳게 될 것이다."

한 권의 실존철학서 같은 소설

사르트르가 1938년에 발표한 장편소설 『구토』는 소설이라기보다는 한 권의 실존철학서라고 할 수 있는 작품이다. 또한 그의 자전적 소설 『말』에서 사르트르는 『구토』에 대해 다음과 같이 밝힌 바 있다.

"나는 로캉탱이었다. 나는 그를 통하여 만족스럽지는 못하나마 내 삶의 본질을 표현했다."

일기 형식의 이 소설은 첫 장을 열면 '날짜 없는 페이지'라는 소제목 아래 이렇게 시작된다.

"최선의 방법은 그날그날에 일어난 일들을 적어두는 것이다. 뚜렷하게 관찰하기 위해 일기를 쓰는 일. 아무리 하찮게 보이는 일이라도, 그 뉘앙스며 사소한 사실들을 놓치지 않는 일과 특히 그것들을 분류하는 일. 내 눈에 이 테이블, 저 거리, 저 사람들, 내 담뱃갑이 어떻게 보이는지를 써야만 한다. 왜냐하면 변한 것은 바로 '그것'이기 때문이다."

서른 살의 역사학자인 앙투안 로캉탱은 연금 생활자로 이웃
이나 친구와의 교류 없이 고독하게 살아가고 있다. 그는 세계 곳
곳을 돌아다니다가 부빌이라는 도시의 도서관에서 프랑스혁명
의 혼란기에 이중 첩자로 활동했던 롤르봉 후작에 대한 자료를
조사하고 있다. 역사적인 한 인물의 행적을 통해 과거와 현재 그
리고 실존의 문제를 연구하기 위해서다.

 그가 연구하는 롤르봉 후작은 이중 첩자 노릇을 하며 권모술
수와 배반으로 점철된 삶을 살았던 인물이다. 하지만 그것이 어
쩔 수 없는 선택이었음을 알고 회의에 빠진 로캉탱은 롤르봉 후
작이란 인물에 대한 연구를 포기한다.

 그리고 옛 연인 안니와 만나지만, 과거의 매력을 상실한 채 타
성적이고 반복적으로 살아가는 그녀를 보고 절망한다.

 "내 추억은 악마의 지갑 속에 있는 금화와도 같다. 그 지갑을
열면 낙엽밖에는 없으니 말이다."

 흘러가는 시간 속의 나는 무엇인가, 나는 어떤 존재인가…….
실존에 대한 회의에 빠진 로캉탱은 해변으로 나가 물수제비를

뜨려고 작은 돌을 집어 드는 순간, 구토를 느낀다. 물웅덩이에 있는 진흙투성이의 종이쪽지를 주워 올리려 할 때도, 카페에서 컵에 담긴 맥주를 보아도, 주름진 셔츠를 보고도 구토를 느낀다.

아무 이유 없이 주위의 온갖 것에서 구토를 느끼는 로캉탱. 그의 구토를 가라앉히는 것은 오직 낡은 레코드판에서 흘러나오는 재즈 음악뿐이었다. 음악이 '구토' 속의 작은 행복이었던 것이다.

어느 날 그는 토기를 느끼고 공원으로 달려가 벤치에 앉는다. 벤치 옆에는 마로니에 나무가 서 있었다. 로캉탱은 그 나무뿌리를 보다가 알게 된다. 나무는 본질을 드러내려 애쓰지 않고 그저 서 있다는 것을 말이다.

로캉탱은 인간은 부조리하기 때문에 존재하는 것이라고 생각한다.

"하나의 원(圓)은 부조리하지 않다. 원은 선분의 양 극단 중 하나를 둥글게 돌린 것으로 분명히 설정되어 있기 때문이다. 그러나 그렇기 때문에 원은 존재하지 않는다. 반대로 그 나무뿌리는 내가 그것을 설명할 수 없는 한 존재하고 있었다."

그는 색소폰 곡조를 듣다가 문득 부끄러워진다. 색소폰의 네 가지 음이 서로 오가며 이렇게 말하는 것 같았다.

"우리처럼 박자에 맞춰 적당히 괴로워해야 해."

그리고 생각한다.

'컵 바닥에 남은 맥주가 미지근하거나, 거울에 갈색 얼룩이 있는 것이 내 잘못인가? 내가 잉여의 존재가 된 것이 내 탓인가?'

로캉탱은 이렇게 자신의 고통을 정리한다.

"나도 그저 '있기'를 원했다. 그것 말고는 아무것도 원하지 않았다. 존재를 내 밖으로 추방하고 싶고, 매 순간에서 기름기를 제거하고 싶다, 매 순간을 짜내고 말리고 싶다, 또 나 자신을 순수하고 견고한 것으로 만들고 싶은 욕망들. 이런 것은 최종적으로 색소폰 가락의 선명하고 명확한 소리를 내기 위해서다."

그는 미지근한 맥주잔을 놓고 카페에 앉아 '나는 어쩌면 이렇게 바보일까'라고 생각한다. 그때 존재의 저쪽에서 멀리 보이면서도 결코 가까이 다가갈 수 없는 그 다른 세계에서 가벼운 멜로디가 춤추고, 노래하기 시작했다.

"나처럼 존재해야 해. 적당히 괴로워해야 해."

파리로 돌아가기로 결심한 그는 논문 아닌 소설을 쓰는 것이 존재의 절망을 극복하는 방법이 될 수 있을 거라고 생각한다. 그리고 이렇게 독백한다.

"그 책이 완성되고, 그것이 내 뒤에 있게 될 때가 반드시 올 것이다. 그땐 아마도 이렇게 등을 오그리고 기차 시간을 기다리고 있는 이 시간, 이 우울한 시간을 선명하게 떠올리면서 어쩌면 가슴이 더욱 빨리 뛰는 것을 느끼며 '모든 것이 시작된 것은 그날 그 시간이야'라고 말할 때가 오겠지."

그리고 소설의 끝은 이 문장으로 장식된다.

"내일 부빌에 비가 오려나 보다."

나는 왜 존재하는가? 시간 속에서 나는 과연 어떤 존재인가? 자신의 존재에 대해, 삶에 대해 명쾌하게 설명할 수 있는 사람이 과연 존재하기는 할까? 로캉탱의 구토증은 외부가 아닌 자기 내면의 깊은 곳에서 오는 것이었다.

색소폰 소리는 우리를 이렇게 위로한다.

'적당히, 적당히 좀 고민해. 적당히 괴로워해. 적당한 게 좋은 거잖아.'

그리고 자신의 삶을 규명하려 하지 않으며 잎사귀에 영양분을 보내고 줄기를 지탱하고 있는 나무의 뿌리도 우리에게 말을 건넨다. 내가 할 수 있는 일을 하며 나의 현재를 누리라고. 그것이 미래의 나에게 현재의 시간을 설명할 수 있는 방법이라고.

제임스 조이스
『젊은 예술가의 초상』

☑ 예술은 사소한 일상에서 아름다움을 발견하는 것

"작품 속 인물들은 나의 아버지에게서 왔다"

20세기 모더니즘 문학을 이끈 작가 제임스 조이스James Aloysius Joyce, 1882~1941는 아일랜드 더블린에서 몰락해가는 중류층 가정의 아들로 태어났다. 그의 아버지는 술과 음악을 사랑했으며 화술이 뛰어났고 명랑한 사람이었다. 조이스는 훗날 이렇게 회고한 바 있다.

"내 작품 속에 등장하는 수백 명의 인물은 나의 아버지에게서 태어난 것이다."

조이스는 훌쭉한 몸매에 말이 없었지만 흥에 겨우면 노래도 부르고 흐느적거리며 춤을 잘 추었다. 검은 옷을 즐겨 입었으며 여러 나라 말과 사투리를 자유자재로 구사할 줄 알았다. 작품 속에도 여러 나라의 언어를 마음대로 구사해놓아 그의 작품을 이해하려는 사람들을 고생시키곤 했다.

그는 안질과 알코올의존증, 딸 루치아의 정신장애로 괴로워하다가 1941년 십이지장궤양으로 숨을 거두었다.

미지의 세계로의 비상

제임스 조이스가 1916년 발표한 장편소설 『젊은 예술가의 초상』은 의식의 내면세계를 좇아가는 소설로 작가 자신의 자전적인 정신세계를 담은 성장소설이다. 감수성 예민한 한 소년이 예술가로 성장하기까지의 여정을 전에 없던 방식으로 그려냈다.

주인공의 이름인 스티븐 디덜러스는, 그리스 신화에서 크레타섬의 미노스 왕의 궁전에 갇혔다가 아들 이카로스와 함께 자신이 만든 날개를 달고 탈출을 시도했던 다이달로스에게서 따온 것이다. 주인공의 이름에서도 알 수 있듯, 이 작품의 주제는 '비상飛上'이다.

"옛날옛날 아주 먼 옛날에 한 마리의 음매 소가 길을 내려오고 있었단다. 길을 걸어오던 이 음매 암소는 턱쿠 아기라는 이름을 가진 예쁜 사내아이를 만났단다."

아버지는 꼬마 스티븐에게 옛이야기를 들려주었다. 스티븐은 섬세한 감수성으로 다양한 감각을 익히며 자라난다. 자리에 오줌을 싸면 처음엔 따뜻했지만 곧 싸늘해졌다. 잘못했다고 빌지 않으면 독수리가 와서 눈알을 빼버릴 거라고 단티 아줌마는 그에게 말했다.

스티븐 디덜러스는 예수회가 운영하는 명문 기숙학교 클롱고우스 우드 칼리지에 들어가지만, 또래 아이들과 잘 어울리지 못하고 겉도는 생활을 한다.

그러던 어느 날 스티븐은 보관소에서 누군가와 부딪쳐 안경을 깨뜨린다. 안경이 없어 문법 시간에 노트 필기를 하지 않고 앉아 있는데, 학생 주임인 돌란 신부가 들어와서 일부러 안경을 깨뜨렸을 거라며 그를 채찍으로 때린다. 스티븐은 부당한 처사라고 교장에게 항의하지만, 오히려 친구들에게 놀림을 받게 된다.

아버지의 파산으로 집안 형편이 어려워진 스티븐은 학교를 중퇴한다. 무료한 나날을 보내던 중 사랑이라기에는 옅은 애정을 아이린이라는 소녀에게서 느낀다. 그리고 다시 벨베디아 칼리지에 입학한다.

여기에서도 그는 고독하고도 거만한 성품 덕에 친구들과 잘 어울리지 못한다. "이 학생의 작문에는 이단 사상이 있다"고 하는 교사의 말을 듣고 정의감이 더욱 커져, 테니슨보다는 19세기 전형적인 반항아였던 바이런이 존경의 가치가 있다고 주장했다가 동료 학생들에게 뭇매를 맞기도 한다.

청춘의 흥분과 충동으로 인해 16세의 이 소년은 더블린 사창가의 여자 품에 안기게 된다. 하지만 곧 자신이 저지른 죄악 때문에 고민하기 시작한다. 학교에서 죄인이 받게 될 저주와 파멸에 대한 강론을 들은 스티븐은 지옥의 처절한 정경이나 최후의 심판에 대한 생생한 묘사에 충격을 받은 나머지 결국 고해신부를 찾아가 자신의 죄를 고백한다. 그리고 참회를 위해 신앙생활에 몰두한다.

스티븐의 이러한 모습을 본 학장 신부는 그에게 성직자가 되라고 말한다. 엄격한 금욕 생활과 미에 대한 추구를 병행하던 어느 날, 그는 리피 강가를 거닐다가 바다 근처까지 가게 된다. 그리고 한 소녀가 바다 한가운데를 바라보고 있는 모습을 보는데, 그것은 강렬한 영감으로 이어져 스티븐이 새로운 인생을 시작하는 계기가 된다.

그 새로운 인생은 "인간의 청춘과 미의 천사, 삶의 궁전에서의 아름다운 시절"로 돌아가는 것이다. 그는 아름다움만을 추구할 수 있는 예술, 자유로운 예술을 위해 파리로 떠날 결심을 한다. "너는 국적이니 언어니 종교니 등등에 관해서 말했다. 나는 그런 그물을 벗어나서 날아갈 생각이다"라고 친구인 크랜리에게 말한다. 그리고 일기 속에 예술의 신 다이달로스에게 하는 기도를 쓰는 것으로 소설은 끝난다.

"먼 세상의 아버지, 먼 세상의 창조자여, 나에게 힘을 주옵소서."

그는 그렇게, 자기와 이름이 같은 신화 속 인물 다이달로스가 제시하는 길을 따라 자신을 옭아매는 그물을 벗어던지고 미지의 세계로 날아간다.

프랑스의 작가 알랭 드 보통은 한 강연에서 "예술은 그리 아름다울 것 없는 일상에서 아름다움을 발견하게 해주는 것"이라고 했다. 그는 마네의 그림 중 아스파라거스를 그려놓은 작품을 가장 좋아한다고 한다. 사소한 것에서 아름다움을 느끼게 해주기 때문이다.

그리 아름다울 것도 없는 일상에서 아름다움을 발견하게 해주는 것, 그것이 예술이다. 그리고 예술가는 그리 아름다울 것도 없는 일상에서 아름다움을 발견할 줄 아는 자이다.

사소한 것에서 아름다움을 발견하는 능력이 있다면 그리고 그 아름다움을 전할 방법을 갖추었다면 당신은 이미 위대한 예술가다.

스탕달
『적과 흑』

☑ 꿈에도 안전장치가 필요하다

살았다, 썼다, 사랑했다

스탕달Stendhal, 1783~1842의 묘비명에는 이런 글이 새겨져 있다.

"살았다. 썼다. 사랑했다."

오노레 드 발자크와 함께 19세기 프랑스 소설의 2대 거장으로 평가되는 그의 본명은 '앙리 벨Henri Beyle'이다. 그는 독일의 미술사가였던 빙켈만의 고향 이름을 따서 스탕달이라는 필명을 사용했다고 한다.

스탕달의 삶에서 가장 중요한 것은 여인과의 사랑이었다. 그래서 말년에 이런 말을 남겼다.

"수많은 세월과 사건 후에도 나에게 기억되는 것은 사랑했던 여인의 미소뿐."

이 사랑의 추앙자는 『적과 흑』의 많은 부분을 사랑 이야기에 할애한다. 스탕달이 『적과 흑』의 주인공 쥘리앵의 모델로 삼은 사람은 같은 고향 사람인 신학생 앙투안 베르테다. 그는 한 귀족 집안에 가정교사로 들어가지만 그 집 딸과의 관계를 의심받다 쫓겨난다. 그것이 예전에 일했던 집의 부인이 보낸 편지 때문이라고 생각한 그는 나중에 그 부인을 총으로 쏴 죽이는 사건을 일으켜 사형당했다.

적과 흑이 상징하는 바는?

『적과 흑』에서 '적赤'은 군복, '흑黑'은 성직자복을 가리킨다. 그 당시 가난한 젊은이들이 출세할 수 있는 길은 군대에 가는 것 아니면 성직자가 되는 것이었다. 제목부터가 그 시대 사람들의 세속적 욕망을 상징하고 있는 것이다.

『적과 흑』은 사랑 이야기가 전면에 등장하고 있지만 단순한 연애소설은 아니다. 소설의 부제가 '1830년대 사史'인 만큼 그 시대의 사회와 경제, 정치적 현실이 스며 있다. 『적과 흑』은 1830년대 반동기의 사회상을 반영하고, 계급관념을 통렬하게 풍자한 풍자소설인 동시에 인간의 욕망에 대한 심리가 담겨 있는 본격적인 심리소설이다.

가상의 도시인 베리에르. 가난하고 괴팍한 제재소 주인의 아들인 쥘리앵 소렐은 육체노동과는 전혀 어울리지 않는 귀족적인 용모로 태어났다. 쥘리앵은 아버지가 시키는 일을 하기보다는 책 읽는 것을 좋아했기 때문에 아버지와 형들에게 학대를 당하며 산다.

맨손으로 출세한 나폴레옹의 초상화를 베개 밑에 품으며 쥘리앵은 이렇게 절규한다.

"아! 나폴레옹이야말로 프랑스 청년들을 위해서 하느님이 보내신 영웅이다. 과연 누가 그 사람을 대신할 수 있단 말인가? 돈이 없어서 교육도 받을 수 없고 출세의 길을 헤쳐갈 수도 없는 청년들은 대체 어떻게 하면 좋단 말인가!"

쥘리앵의 마음속은 어두운 현실을 탈출하고 싶은 욕망으로 가득했다. 부조리로 가득한 계층 사회를 뜯어고치고 싶은 욕망이 들끓고 있었다. 그래서 그의 커다란 검은 눈은 언제나 강한 증오로 불타고 있었다. 그의 총명함을 알아본 셸랑 신부는 쥘리앵에게 라틴어를 가르치고, 마침 아이들의 라틴어 선생을 구하던 시장 레날에게 그를 추천한다.

부유한 레날 시장의 집에 가정교사로 들어가게 된 쥘리앵. 레날 부인은 처음 만난 쥘리앵에게 이런 느낌을 받는다.

"아직 어린애 같은 나이 어린 시골 청년이 몹시 창백한 표정으로, 마치 지금까지 울고 있었던 것 같은 표정으로 서 있었다."

레날 부인은 그에게 동정심을 느끼며 친절하게 대해준다. 쥘리앵은 특권계층에 대한 증오심으로 신앙심 두텁고 정숙한 레날 부인을 유혹하지만 그 마음은 점점 사랑으로 변해가고, 레날 부인과 쥘리앵은 서로 깊이 사랑하게 된다. 두 사람의 애정 행각에 대한 소문이 퍼지자 레날 시장은 쥘리앵에게 의심을 품는다.

레날 부인은 쥘리앵에게 차라리 당신 품 안에서 죽고 싶다며 같이 달아나자고 했지만, 쥘리앵은 그 집을 떠나 브장송의 신학교에 입학한다.

그는 신학교에서 우수한 성적을 거두었고, 교장인 피라르 신부의 추천으로 권력가인 라 몰 후작의 비서로 들어가게 된다. 날이 갈수록 후작의 신임을 얻게 된 그는 나중에는 파리 사교계에도 드나들며 점차 세련되게 변해간다.

라 몰 후작에게는 콧대 높기로 유명한 마틸드라는 딸이 있었다. 사교계에 모여드는 청년 귀족들을 경멸하던 그녀는 가난하고 가문도 보잘것없는 주제에 자존심이 강한 쥘리앵에게 끌리게 된다. 쥘리앵은 거만하기 짝이 없는 마틸드에 대한 반감을 갖고 있었으나 한편 흥미가 생겼다. 쥘리앵은 '그녀에게 두려움을 주자'고 생각한다. 상류층은 악마이고, 때문에 정복하지 않으면 안 된다고 여기는 쥘리앵은 그들을 신분 상승의 도구로 생각한다.

마틸드가 쥘리앵의 아이를 임신하자 후작은 어쩔 수 없이 두 사람의 결혼을 허락한다. 쥘리앵은 권력을 얻고 고위직에 오를 수 있다는 희망에 부푼다. 하지만 그의 속내를 의심한 라 몰 후작은 레날 시장의 집에 그의 품행을 묻는 편지를 보낸다. 그런데 레날 부인에게서 이런 답장이 온다.

"가난하고 탐욕스러운 그 사람은 빈틈없는 위선을 이용하여, 약하고 불행한 여인을 유혹함으로써 어떤 신분과 지위를 얻고자 분망했던 것입니다."

그의 야심은 수포로 돌아가고, 마틸드는 그 편지를 쥘리앵에게 보여준다. 레날 부인의 필체가 틀림없는 악의에 찬 그 편지를 보고 격분한 쥘리앵은 고향으로 가서 총을 구입한다. 그리고 성당에서 미사를 드리고 있던 레날 부인에게 총구를 겨눈다.

레날 부인은 죽지 않았지만, 쥘리앵은 생각한다. 오직 야망 때문에, 야심을 이룰 수 있는 마틸드와의 사랑을 위해서 그 여자를 죽이려 했던 것이니 자신이 한 일은 명백히 부도덕한 살인이라고.

감옥에 갇힌 그를 찾아온 레날 부인은, 그 편지는 자신의 신앙을 이끌어주던 사제가 쓴 것이고 자신은 그것을 베꼈을 뿐이라며 아직도 쥘리앵을 사랑한다고 고백한다. 그리고 살인죄를 뒤집어쓴 그에게 제발 자신을 위한다면 상소를 하라고 애원한다. 하지만 쥘리앵은 상소를 포기하고 사형을 언도받게 된다. 그는 사형 집행을 앞두고 이렇게 말한다.

"베리에르를 굽어보는 높은 산의 작은 동굴에서 쉬고 싶네. 쉰다는 말이 지금 심경에 어울리는 말이야."

그토록 높은 위치에 오르기를 꿈꾸었건만 결국 쥘리앵이 오른 곳은 높은 단두대 위였다. 한 발자국만 더 가면 되었는데, 그곳만을 바라보며 달려왔는데 바로 앞에서 그의 꿈은 낭떠러지 아래로 추락했다.

쥘리앵은 일하지 않는다고 아버지가 휘두르는 매를 견뎌야 했고, 하루하루 먹고살 일을 걱정해야 했으며, 책 읽는 것을 좋아했지만 학교 근처에도 가지 못했다. 심지어 그의 아버지는 죽음 직전에 있는 아들에게 찾아와서도 빚을 갚으라고 채근한다. 어떤 이들에겐 조그만 노력으로도 쉽게 얻어지는 것들이 그에게는 허락되지 않았다.

높이 오르는 일에 모든 것을 걸었던 하층 계급 출신의 자존심 강한 청년 쥘리앵. 그의 내적 갈등은 1830년대를 살았던 청년에게만 해당되는 것일까? 맨손으로 출세한 나폴레옹의 초상화를 베개 밑에 품으며, 그가 꿈꾸었던 것은 무엇일까?

신분 상승의 꿈과 현실적인 환멸, 굴욕 사이에서 고민했던 쥘리앵은 책 속에서 걸어 나와 보다 높은 곳에 올라가려고 발버둥치는 현대인들에게 묻는다. 당신은 지금 이 순간, 어떤 꿈을 꾸고 있느냐고. 그 꿈에 안전장치는 잘 달려 있느냐고.

이반 투르게네프
『첫사랑』

☑ 시작은 있어도 끝은 없는 것, 사랑

"창작이 아닌 나의 과거"

톨스토이, 도스토옙스키와 함께 러시아 문학의 3대 거장으로 손꼽히는 이반 투르게네프Ivan Sergeyevich Turgenev, 1818~1883. 투르게네프가 1860년 발표한 『첫사랑』은 스스로 "창작이 아니라 나의 과거"라고 말했을 정도로 자전적인 소설이다.

투르게네프는 러시아 귀족의 명문 집안에서 태어났는데, 기병 장교였던 그의 아버지는 재산을 노리고 연상의 여인인 어머니와 결혼했다. 그로 인해 부부 갈등이 끊이지 않아 그는 우울한 환경에서 성장해야 했다.

그는 25세 때 러시아에 공연하러 온 프랑스의 오페라 가수 폴리나 비아르도 부인에게 반해서 날마다 극장을 드나들었다. 이듬해에는 그녀 가까이에 있기 위해 파리에서 지내며 문학에 전념했다. 그러나 그녀는 결혼한 여자였다.

투르게네프는 비아르도 부인을 38년 동안이나 짝사랑했으나, 사랑은 마음으로만 간직한 채 그녀와 친구 관계를 유지하며 평생 독신으로 지냈다. 그리고 65세에 비아르도 부인이 지켜보는 가운데 죽음을 맞았다.

작가조차 만족하여 되풀이해 읽은 작품

『첫사랑』은 첫사랑에 빠진 열여섯 살 소년이 어느 날 자기에게 찾아온 낯선 감정의 정체를 알아가는 과정을 담고 있다. 중년 신사가 과거를 회상하는 형식으로 되어 있는데, 등장인물들의 심리와 성격 묘사가 매우 섬세하다. 투르게네프는 자신의 작품 중에서 『첫사랑』을 가장 좋아해 이런 말을 남겼다.

"나는 한 작품만은 만족스럽게 되풀이해서 읽곤 합니다. 그것은 『첫사랑』입니다. 『첫사랑』에는 그 어떤 가식도 없이 오직 사실만이 그려져 있으며 다시 읽을 때마다 여러 인물이 마치 살아 있는 인간처럼 느껴지기 때문입니다."

열여섯 살의 주인공 블라디미르네 별장 아래채에 가난한 공작 부인과 그녀의 딸 지나이다가 세를 들어온다. 블라디미르는 까마귀를 잡으러 울타리 쪽으로 다가갔다가 화석처럼 굳어버린다. 딸기 넝쿨이 무성한 곳에 장밋빛 줄무늬 옷을 입고 하얀 모자를 쓴 날씬한 소녀가 서 있고, 네 명의 청년이 그 주위를 에워싸고 있었던 것이다.

소녀의 날씬한 몸매와 가느다란 목덜미, 예쁜 두 손, 하얀 모자 밑으로 보이는 헝클어진 금발, 반쯤 내리뜬 총명한 눈매와 눈썹, 윤기 흐르는 볼을 본 소년은 그만 총을 풀밭에 떨어뜨리고 만다. 소녀는 언뜻 소년 쪽을 보더니 하얀 이를 드러내고 눈썹을 아름답게 치켜올리고는 웃음 짓는다. 소년은 얼굴이 빨개져 방으로 도망치듯 들어와 침대에 몸을 던진다. 심장이 터질 듯 뛴다. 그렇게 소년은 다섯 살 연상인 지나이다에게 첫눈에 반해버린다.

지나이다의 초대로 그녀의 집에서 열리는 파티에 가게 된 블라디미르. 그곳에는 그녀를 숭배하는 남자들이 잔뜩 와 있었다.

백작, 의사, 시인, 대위, 경기병……. 그들은 모두 그녀의 무릎 아래 엎드려 사랑을 갈구하는 가련한 사랑의 포로들이었다. 그들은 요란스럽게 벌칙 게임을 하고 있었다.

외동아들로 엄격하고 고지식한 지주 집안에서 자라 그렇게 자유분방하고 난잡한 놀이가 처음이었던 소년은 흥분 상태로 정신이 멍해질 정도로 논다. 벌칙에 걸린 블라디미르는 지나이다와 함께 비단 숄을 뒤집어쓰게 된다.

이번 벌칙은 그녀에게 자신의 비밀을 고백하는 것이었다. 가까이서 본 그녀의 눈이 부드럽게 빛나고 입술은 뜨거운 입김을 내뿜고 있었다. 그녀의 머리칼이 소년의 뺨을 간지럽힌다. 블라디미르는 붉어진 얼굴로 숨을 죽인다.

파티가 끝나고 피로와 행복감에 잠긴 채 밖으로 나서려는데 지나이다가 그의 손을 꼭 붙잡고는 뜻 모를 미소를 짓는다. 그날 밤 집으로 돌아온 블라디미르는 마법에 걸린 듯이 어둠 속에 앉아 생각한다.

'나는 사랑에 빠졌나 보다. 이것이 다름 아닌 사랑이라는 것이구나.'

소년의 열정은 그날부터 시작된다. 그리고 고통도 함께 시작되었다. 지나이다가 없으면 슬픔에 빠졌고, 온종일 그녀 생각에 아무것도 손에 잡히지 않았다. 그녀가 곁에 있어도 괴롭기는 매한가지였다. 질투하거나, 스스로 보잘것없는 존재라고 느끼거나, 뾰로통해지거나, 바보처럼 굽실거리거나 했다.

지나이다는 고양이가 쥐를 가지고 놀 듯 소년을 자기 손에 가지고 놀았다. 어쩌다 그녀가 아양을 떨면 그는 마치 초처럼 녹아버렸고, 갑자기 밀쳐버리면 근처에도 가지 못하고, 감히 그녀를 똑바로 쳐다보지도 못했다.

그러던 어느 날, 블라디미르는 그녀가 풀밭에 앉아 울고 있는 것을 보게 된다. 한참을 괴로워하던 지나이다는 그에게 푸시킨의 「그루지야의 언덕에서」라는 시를 읊어달라고 한다. 이 시에는 '사랑하지 않을 수 없기에'라는 구절이 들어 있었다.

"그래서 시가 좋다는 거죠. 이 세상에 없는 것을 말해주니까, 그리고 실제보다 더 훌륭할 뿐 아니라 진실에 훨씬 가까운 것을 들려주니까……. 사랑하지 않을 수 없기 때문에 사랑하지 않으려 해도 사랑하지 않을 수 없는걸요!"

그때 블라디미르는 그녀가 이미 다른 누군가를 사랑하고 있음을 알게 된다.

어느 날 소년은 높은 담장 위에 앉아 물끄러미 먼 산을 바라보고 있었는데, 지나이다가 그를 보고는 발길을 멈추었다.

"당신은 입버릇처럼 나를 사랑한다고 했죠? 그게 사실이라면 어디 내 옆으로, 이 한길로 뛰어내려봐요."

그녀의 말이 끝나기도 전에 블라디미르는 몸을 날려 4미터가 넘는 담장 밑으로 뛰어내린다. 착지하자마자 충격으로 쓰러져선 잠시 정신을 잃었다 깨어난다. 지나이다는 깜짝 놀라 어떻게 이런 짓을 할 수 있느냐며, 부드러운 입술로 키스를 퍼붓는다. 소년은 독백한다.

"그때 느낀 행복감이란! 두 번 다시 오지 않을, 황홀한 기분이었다. 그 벅찬 감정은 달콤한 아픔이 되어 전신을 휘돌며 용솟음쳐 올랐다. 환희의 순간을 소리 내어 외치고 싶었다."

그 후, 그녀를 사모하는 또 한 명의 남자 말레프스키가 블라디미르에게 언질을 준다. 밤에 자지 말고 정원과 한밤중의 분수를 지키고 있으라고. 자정이 되자 소년은 한 번도 쓰지 않은 영국제 칼을 꺼내 품 안에 넣고 분수 앞에 숨어서 연적을 기다린다. 그런데 그 연적은 바로…… 아버지였다! 열 살 연상의 어머니와 돈 때문에 사랑 없이 결혼한 그의 아버지에게 지나이다는 비극적인 사랑이었던 것이다.

블라디미르의 머릿속에는 '지나이다는 왜 가정이 있다는 것을 알면서도 아버지를 사랑할까'란 생각이 떠나지 않는다. 그 많은 남자들이 오로지 그녀만을 사랑하고, 결혼 상대로 손색없는 남자들이 줄을 섰는데도 아버지를 사랑하는 지나이다를 보며, 소년은 '이런 것이 바로 사랑이란 것인가. 사랑을 하면 몸과 마음을 다 바칠 수도 있다는데……' 하고 생각한다.

그 후 블라디미르네 가족은 시내로 이사를 가게 되고, 소년은 다시는 그녀를 만나지 않겠다고 다짐한다. 하지만 또 한 번 마주치는데, 그때도 그는 아버지에 대한 지나이다의 사랑을 다시 확인하게 된다. 그제야 소년은 첫사랑의 열병에서 벗어난다.

두 달 후, 블라디미르는 대학에 입학하고 반년 후 그의 아버지는 뇌졸중으로 세상을 떠난다. 죽기 며칠 전 아버지가 그에게 보낸 편지에는 이런 글이 적혀 있었다.

"내 사랑하는 아들아. 여자의 사랑을 조심해라. 그 행복을, 그 독을 두려워해라."

세월이 흘러 대학을 졸업한 블라디미르는 지나이다의 소식을 듣고 그녀가 묵고 있는 호텔로 찾아간다. 하지만 그녀가 나흘 전 출산을 하다 갑자기 죽었다는 소식을 전해듣고는 괴로워하며 독백한다.

"아아, 청춘이여, 청춘이여! 그대는 그 어떤 것에도 구애받지 않는다. 그대는 마치 이 우주의 온갖 보화를 혼자 차지하고 있는 것과 같다. 그대는 자신만만하고 대담무쌍해서 '보아라, 나는 이렇게 혼자서 살아간다!'라고 말하지만, 그대의 아름다운 시간은 흘러가버리고 흔적 없이 사라진다. 햇볕을 받은 백랍처럼, 그리고 흰 눈처럼……."

첫사랑은 누구에게나 찾아온다. 첫사랑을 겪으며 우리는 어른이 된다. 청춘의 터널에서 앓게 되는 첫사랑의 열병은 사랑이라는 이름의 행복한 독인지도 모른다.

남몰래 가슴에 묻고 살다가 어느 날 불쑥 튀어나와 가슴을 휘젓기도 하고, 꿈길에 찾아왔다 사라져 아침이면 아련함에 젖게 되기도 한다. 그와 서로 주고받았던 편지는 태워버리고 없지만, 그 기억은 살아남아 가슴에 발자국을 남긴다. 그래서 사랑은 시작은 있지만 끝이 없다고 하는가 보다.

첫사랑은 더욱 그렇다. 소설 속 블라디미르가 그러했듯 그 끝이 보이지 않는다.

프랑수아즈 사강
『슬픔이여 안녕』

☑ 슬픔이 찾아오면 인사를 건네라

18세 때 6주 만에 쓴 명작

프랑수아즈 사강Françoise Sagan, 1935~2004은 유복한 실업가 가정에서 태어나 제2차 세계대전 이후 파리로 이주했다. 40편 이상의 소설과 희곡들을 남겼으며, 발레 극본을 쓰기도 하고 영화 연출을 맡기도 했다. 그의 본명은 프랑수아즈 쿠아레. 사강이라는 필명은 마르셀 프루스트의 유명 소설 『잃어버린 시간을 찾아서』에 등장하는 프린세스 드 사강이라는 인물에서 따온 것이다.

『슬픔이여 안녕』은 소르본 대학교에 재학 중이던 사강이 19세 때 6주 만에 쓴 첫 작품이다. 1954년 소설이 나오자마자 큰 반향을 불러일으켜 그해에 프랑스 문학비평상을 받았고 22개 언어로 번역돼 200만 권 이상 팔렸다. 사강은 당시를 이렇게 회고했다.

"나는 19세 때 188쪽의 작품으로 영광을 얻었다. 그것은 일종의 '폭발'과 같았다."

이른 성공의 영향일까. 사강은 50대에 두 번이나 마약 복용 혐의로 기소되었다. "타인에게 피해를 주지 않는 한 나는 나를 파괴할 권리가 있다"고 주장해서 파문을 일으키기도 했다. 그는 2004년 9월 24일 심장과 폐 질환으로 사망했다.

슬픔이여, 어서 오라

폴 엘뤼아르의 시 「직접의 생명」에는 이런 시구가 나온다.

"어서 오라, 슬픔이여. / 천장의 무늬에도 너는 새겨져 있다. / 내 사랑하는 눈에도 너는 새겨져 있다. / 어서 오라, 슬픔이여."

'슬픔이여 안녕'이라는 제목은 이 시에서 따온 것인데, 원어로는 'Bonjour Tristesse'다. 여기서 '안녕'은 '아듀Adieu'가 아니라 '봉주르 Bonjour'다. '슬픔이여, 이제 그만!'이 아니라 슬픔에게 '어서 오라'는 인사를 하는 것이다.

이 소설이 처음 나왔을 때는 주인공이 열일곱 살의 소녀답지 않다는 평을 받았지만, 『슬픔이여 안녕』에는 또래 소녀가 아니면 쓰지 못할 심리와 정서가 잘 스며들어 있다. 「조제, 호랑이 그리고 물고기들」이라는 영화에서 조제라는 소녀가 늘 언급했던 작품이기도 하다.

'우울함과 나른함, 이 낯선 감정에 슬픔이라는 무겁고도 멋진 이름을 붙여도 되는 것인지 모르겠다'는 문장으로 시작되는 이 소설은 지중해 연안에 있는 아름답고 커다란 별장에서 펼쳐진다. 그리고 '그해 여름 나는 열일곱 살이었고 아주 행복했었다'는 회고로 이어진다.

세실은 열일곱 살의 소녀다. 어머니를 여의고 실업가인 아버지
와 둘이 살고 있다. 세실의 아버지인 레이몽은 마흔 살이며 15년
째 홀아비로 지내고 있는데, 6개월마다 여자를 바꾼다. 금세 싫
증을 내는 바람둥이지만 유머가 넘치는 데다 호탕하고 매력적이
라 여자들에게 인기가 많다.

대학 입시에 낙방하던 해 여름, 세실은 아버지와 그 애인인 엘
자와 함께 지중해 연안에 있는 별장으로 바캉스를 떠난다. 그곳
에서 세실은 이웃 별장에서 여름방학을 보내고 있는 법대생 시
릴을 만나 사랑에 빠진다.

평화롭고 달콤한 바캉스를 보내던 중, 안이 이곳으로 온다는
연락을 받게 된다. 안은 돌아가신 어머니의 친구로, 지성적이며
냉담한 아름다움을 지닌 유능한 디자이너다. 아버지와 엘자가
안을 마중 나간 사이 세실은 시릴과 첫 키스를 나누려는데, 때
마침 울리는 자동차 클랙슨 소리가 둘을 떼어놓는다. 안의 등장
으로 세실의 휴가는 고달파진다. 그녀는 세실에게 시간 낭비하
지 말고 공부를 하라고 말한다.

안과 엘자는 모든 면이 대조적이었다. 엘자가 안보다 열세 살이나 젊었고 그것이 유리한 조건처럼 여겨졌으나 안에게는 우아한 침묵이, 엘자에게는 쉬지 않는 재잘거림이 있었다. 또한 안에게는 지성과 우아함이, 엘자에게는 천박함과 터질 듯한 열정이 있었다.

세실과 아버지가 안과 함께 얘기를 나누는 중에 2층에서 엘자가 내려와 레이몽의 귀에 낮잠을 즐기자고 속삭인다. 그때 안의 표정이 굳어지고 있음을 세실은 알아챈다.

그 후 안이 세실의 인생에 대해 조언하자, 세실은 안이 자신을 경멸하는 거라며 그녀에게 악감정을 품게 된다.

그러던 어느 날, 모두가 칸에 가서 저녁나절을 카지노에서 보내기로 한다. 엘자는 햇볕에 탄 살갗을 가리기 위해 온갖 정성을 다해 화장하고 미소를 띠며 나온다. 그런데 계단을 내려오는 안을 본 순간 모두에게서 감탄사가 절로 터진다. 온갖 성숙한 매력이 그녀에게 집중된 것처럼 여겨진다. 아버지도 놀란 표정으로 안을 황홀하게 바라본다.

바에서 춤을 추던 엘자는 레이몽과 안이 보이지 않는다며 초조해한다. 세실은 자동차 주차장에서 다정히 얘기하고 있는 두 사람을 보고 자동차 문을 확 열어젖힌다. "즐거우세요?"라고 말하고는 분노에 차서 쏘아붙인다.

"아버지는 햇볕을 견디지 못하는 붉은 머리 여자를 바다로 데리고 왔어요. 그리고 그녀가 온통 허물이 벗겨졌을 때 아버지는 그녀를 버린 거예요! 그거 정말 너무 간단하군요!"

울분이 한계에 도달한 세실이 계속 소리친다.

"엘자에게 이렇게 말하겠어요. 아버지는 잠자리를 같이 하는 다른 여자를 만났으니 돌아가라고요. 됐죠?"

그때 안이 세실의 뺨을 때린다. 세실은 안에 대한 악감정이 극도로 쌓이게 되고, 엘자는 그들 곁을 떠나버린다.

다음 날 아침, 안과 아버지가 중대 발표를 한다. 둘이 결혼을 하겠다는 것. 결혼이나 구속에 대해 그렇게도 완고했던 아버지가 하룻밤 사이에 결혼을 결심하는 것을 보고 세실은 반항심에 가득 차 이렇게 말한다.

"그거 아주 아주 좋은 생각이군요!"

어느 날 석양 무렵, 소나무밭에서 시릴이 반나체의 세실 위에 누워 있는 것을 본 안이 세실을 부른다. 둘은 또 한 번 그녀 때문에 황망하게 일어나야 했다.

안은 시릴에게 경고한다.

"당신을 더 이상 보고 싶지 않군요."

시릴은 도망가듯 뛰어가고, 안은 세실에게 말한다.

"세실은 겨우 열일곱 살이고 나는 세실에 대해 약간은 책임이 있어. 세실의 인생이 망가지는 것을 두고 볼 수 없어. 세실에겐 해야 할 공부가 있어. 그것을 하며 오후를 보내도록 해."

안은 아버지에게 그 사실을 이르고 만다. 세실은 '우리는 다만 키스를 했을 뿐'이라고 따지지만 안은 제발 철학 공부를 하라고 따끔하게 주의를 준다.

세실은 안이 해롭고 위험하다는 생각을 한다. 그리고 그녀를 아버지와 자신으로부터 떨어뜨리겠다고 마음먹는다.

시릴과 만나지 못한 채, 꼼짝없이 집 안에 틀어박혀 공부를 해야 하는 세실은 아버지와 결혼에 대해 상의하는 안을 보며 생각한다.

'그녀는 차갑다. 우리는 뜨겁다. 그녀는 지적이고 우리는 속박을 싫어한다. 그녀는 냉담하고 우리는 열광한다. 그녀는 신중하고 우리는 쾌활하다. 그녀는 그런 우리 사이로 끼어들어오고 모든 것을 훔쳐가고 말리라, 한 마리의 아름다운 뱀처럼……'

공부를 하지 않는다며 안이 자신의 방문을 잠가버리는 일까지 벌어지자 세실은 나쁜 계획을 세우기에 이른다. 세실은 엘자와 시릴을 만나 두 사람의 결혼을 막기 위한 작전을 꾸민다.

엘자와 시릴이 새로운 연인 사이가 된 것처럼 위장시켜 레이몽과 마주치게 한 것이다. 그러면 아버지는 질투심에 불타 다시 엘자를 만날 것이고, 그 사실을 알게 된 안은 자존심에 타격을 입고 떠날 것이라는 게 세실의 계획이었다.

그 후 레이몽이 엘자와 밀회를 나누는 모습을 목격한 안은 안색이 창백해져 뛰어간다. 모든 것이 자신의 극본대로 되어가는 그때, 그제야 '이게 아닌데'라는 생각이 든 세실. "우리에겐 당신이 필요하다"며 그녀를 붙잡지만 안은 창백하게 굳어진 채 중얼거린다.

"당신들에겐 아무도 필요하지 않아. 세실에게도, 그이에게도……."

세실은 뭔지 모를 불안감에 용서해달라고 말하지만, 안은 잠시 세실의 뺨에 손을 얹고는 떠나버린다.

세실과 아버지는 그녀가 파리로 가버렸다는 것을 알고 용서를 구하는 편지를 쓴다. 화해가 이루어지리라는 희망을 갖고. 하지만 그날 밤 전화가 울리고 그녀의 사고 소식이 전해진다. 위험한 장소에서 사고가 나 안이 타고 있던 차가 절벽 아래로 50미터나 굴러떨어졌다는 것이다. 그렇게 안은 죽음을 맞는다.

세실은 '아버지와 나 같은 인간들 때문에, 아무도 필요치 않은 인간들 때문에, 살아 있는 것도 죽은 것도 아닌 인간들 때문에 그녀가 자살했을 리 없다고, '그건 사고일 뿐'이라고 생각한다.

그저 가볍게 시작한 장난이 뜻하지 않은 비극으로 변해버린 후, 세실은 안을 잊지 못한다. 그리고 1년 후, 아버지와 세실은 각기 또 다른 사랑을 하고 있다. 그러나 때때로 세실은 안을 기억한다. 그리고 "안! 안!"이라고 불러보며 가슴에서 밀려오는 슬픔에게 인사를 건넨다. "슬픔이여, 안녕?"이라고.

어느 날의 기억은 우리를 행복하게 한다. 그러나 어떤 기억은 우리를 슬픔 속으로 밀어 넣는다. 왜 그랬을까. 왜 그렇게 바보 같았을까. 왜 그때 몰랐을까. 왜 그땐 깨닫지 못했을까. 왜 붙잡지 못했을까. 왜 그를 사랑하지 못했을까…….

슬픈 기억은 후회를 동반한다. 후회는 다시 슬픔을 동반하고 슬픔이 자꾸 커져간다. 어떤 기억은 그렇게 슬픔과 후회라는 이름표를 부착한 채 찾아온다. 그렇게 슬픔이 찾아올 때, 그럴 때는 어떻게 하느냐고 세실이 우리들을 향해 묻고 있다.

그리고 세실은 이렇게 권한다. 그럴 땐 차라리 슬픔에서 벗어나려고 애쓰지 말고 슬픔에게 인사를 건네보라고. "슬픔이여, 안녕?"이라고.

콜린 매컬로
『가시나무새』

☑ 상처받은 영혼은 아름답다

실명의 고통 속에서도 계속 소설을 써내려간 작가

콜린 매컬로Colleen McCullough, 1937~2015는 오스트레일리아 웰링턴에서 태어났다. 시드니 의대에 들어갔지만, 외과 의사라면 쓸 수밖에 없는 살균 비누에 알레르기가 있다는 사실을 알고는 집도의의 길을 포기했다.

신경과학으로 전공을 바꾼 매컬로는 졸업 후에는 미국 예일 대학교에서 연구원으로 일하다가 시드니 왕립 노스쇼어 병원으로 돌아와 신경생리학과를 창설했다. 그녀가 소설을 쓰기 시작한 것은 예일 대학교에 있을 때였다. 1974년 첫 소설 『팀』을 발표했으며, 1977년에 발표한 『가시나무새』로 세계적인 베스트셀러 작가가 되었다.

2004년 매컬로는 실명의 아픔 속에서 『에인절 퍼스』라는 소설을 출간했다. 그녀는 황반 변성과 당뇨병망막증으로 한쪽 눈을 볼 수 없게 되었는데, 다른 사람에게 구술해 받아쓰게 하는 방식으로 작품을 썼다. 그녀는 자신의 실명에 크게 신경 쓰지 않는다며 "그런 일이 일어나면 일어난 대로 길을 가다가 다리가 나타나면 다리를 건널 것"이라고 말했다.

일생에 단 한 번 우는 전설의 새

콜린 매컬로가 1977년 발표한 소설 『가시나무새』는 가톨릭 사제인 랠프와 그를 사랑했던 매기의 3대에 걸친 이야기를 다룬 대하소설이다. 이 작품의 제목은 가시나무새에 대한 켈트족의 다음과 같은 전설을 배경으로 한다.

"일생에 단 한 번 우는 전설의 새가 있다. 이 세상의 어떤 소리보다 아름다운 소리로 우는 그 새는 둥지를 떠나는 그 순간부터 가시나무를 찾아 헤맨다. 그러다가 가장 길고 날카로운 가시를 찾아 스스로 자기 몸이 찔리게 한다. 죽어가는 새는 그 고통을 초월하면서 이윽고, 종달새나 나이팅게일도 따를 수 없는 아름다운 노래를 부른다. 가장 아름다운 노래와 목숨을 맞바꾸는 것이다."

호주 대평원에 위치한 드로게다 목장은 자동차를 타고 27개의 문을 지나서 들어가는 넓은 목장이다. 농장주 메리 카슨은 드넓은 목장의 관리인이 떠나버리자 뉴질랜드에 사는 남동생을 이곳으로 불러들인다. 동생네 가족은 동생 패디와 그의 아내 피오나, 아들 넷과 어린 딸 매기다.

랠프 신부는 몸이 약한 피오나와 여러 아이를 데리고 힘들게 찾아온 패디 가족을 차에 태워 드로게다 목장까지 데려다준다. 신부는 어린 소녀 매기의 눈이 마치 신비스러운 수정과 같다고 생각한다. 보석을 녹여 만든 눈과 같다고……. 이것이 랠프 신부와 매기의 희망 없는 긴긴 사랑의 시작이었다.

메리는 매기네 가족을 초라한 목장 관리인의 집에 살게 한다. 랠프 신부는 열여덟 살이나 어린 매기에게 매혹을 느끼고, 가족의 무관심 속에서 외롭게 살아가던 그녀를 딸처럼 섬세하게 돌봐준다. 어느덧 시간이 흘러 매기는 피어오른 꽃송이처럼 아름다운 여인으로 자라난다.

75세 생일을 맞은 농장주 메리는 자신의 몸이 이제 불꽃을 다했음을 깨닫고 죽음을 예감한다. 오랜 세월 랠프 신부를 사랑해 왔던 메리는 그에게 마음을 열어 보인다.

"난 당신을 매기에게 빼앗겨야 하지만 매기도 당신을 영원히 소유하지 못할 거예요."

랠프 신부는 대답한다.

"매기는 내가 소유할 수 없는 아이입니다. 내 마음속의 장미꽃일 뿐입니다."

메리는 죽으면서 유언장을 남긴다. 전 재산을 가톨릭교회에 기부하고 랠프 신부를 그 재산을 관리하는 총책임자로 임명한다는 내용이었다. 매기 가족은 목장의 관리인으로 이곳에 계속 살도록 허락했다.

그녀가 남긴 1,300만 파운드의 재산은 랠프 신부에게 추기경이 될 가능성을 열어줄 것이었다. 그의 야망을 알고 있던 메리가 죽어가면서 랠프와 매기 사이를 이렇게 갈라놓았던 것이다. 매기를 본 랠프 신부는 괴로움에 차서 독백한다.

'나는 너를 배반했구나. 매기야. 내 야심의 발자국이 너를 짓밟아버린 거야.'

작별 인사를 건네는 랠프 신부에게 매기는 연인으로서의 키스를 전한다. 그가 떠난 후 매기는 첫 키스의 날카로운 기억을 음미하고 또 음미한다. 랠프 신부 또한 상실의 고통을 겪어야 했다. 매기! 매기! 매기! 오직 그 이름 하나만을 가슴으로 외치는 랠프 신부. 그는 대주교를 만나는 중에도 매기의 환상을 좇고 있었다.

1930년, 목장에 불행이 연이어 일어난다. 산불이 일어나 아버지 패디가 타 죽고, 오빠 스튜는 아버지의 시체를 발견하고 그것을 알리려 공포탄을 쏘다가 총성에 놀란 멧돼지에게 공격당해 즉사한다. 그 소식을 듣고 달려온 랠프 신부는 짐승이 울부짖듯 매기를 찾는다. 매기에게 다가가 기도하듯 무릎을 꿇고 그녀의 찬 손을 힘껏 잡는다. 매기는 오랜 기다림 끝에 찾아온 기쁨이 그 어떤 슬픔보다 크다는 것을 느끼며 그에게 몸을 기댄다.

그러나 랠프는 모든 사고 처리를 한 후에 다시 그곳을 떠나야 했다. 매기는 마음속에 간직한 사랑을 상징하는 장미꽃을 그에게 건넨다.

"이 장미꽃은 화재에도 무사하고 비에도 무사했어요. 그래서 신부님께 드리려고 땄어요."

신부는 미사통상문 책의 한 페이지에 그 장미꽃을 소중하게 넣어둔다.

"난 매기한테 아무것도 주지 않겠어. 난 매기가 착하고 친절한 남자와 결혼하길 바라. 나를 잊어버려. 매기."

작별의 키스도 하지 않은 채 랠프는 그렇게 떠나가버린다. 더 아름답게 자라난 매기의 눈빛에서 관능의 욕망을 발견한 후 찾아온 두려움 때문이었다. 한편 랠프 신부는 그가 소원했던 대로 주교로 임명되어 바티칸으로 떠난다.

랠프가 그렇게 떠나버린 데 배신감을 느낀 매기는 목장에 들어온 새 일꾼인 루크 오닐과 홧김에 결혼해버린다. 그가 랠프와 비슷하게 생겼다는 사실만으로 급히 결정해버린 결혼이었다.

결혼 생활은 불행했다. 매기의 돈이 탐이 나 결혼한 루크는 퀸즐랜드의 사탕수수 농장에서 일하며 매기를 남의 집 가정부로 보내버린다. 불행이 깊어질수록 매기는 랠프를 증오하고 또 증오한다.

매기는 남편도 없이 난산 끝에 혼자 딸을 낳는데, 이때 랠프가 농장으로 찾아온다. 그가 자신을 위로하려 하자 매기는 증오의 시선을 담아 말한다.

"당신은 날 원하지 않았어요. 하지만 난 당신을 사랑했어요. 당신을 잊으려고 많이 노력했어요. 그래서 당신과 닮은 남자와 결혼하고 말았어요. 그 남자 역시 나를 원하지도 필요로 하지도 않더군요. 나를 사랑해달라는 것이 지나친 요구인가요?"

"매기. 내가 드로게다를 떠날 때 내게 준 장미꽃 기억해? 난 아직도 그걸 미사통상문 책갈피에 간직하고 있어. 그걸 볼 때마다 매기를 생각해. 난 널 사랑하고 있어. 매기는 나의 장미꽃이야."

그러자 매기는 장미에는 독하고 갈퀴 같은 가시가 돋쳐 있다며 그를 내친다.

몸이 약해진 매기는 혼자서 멀리 외로운 산호섬 마틀로크로 휴양을 떠나는데, 그곳에서도 그에 대한 사랑을 멈출 수 없어 괴로워한다. 한편 바티칸의 추기경으로 내정된 랠프는 그곳으로 가기 전 휴가를 얻어 매기가 있는 곳으로 간다.

"그녀는 그의 타락이며, 장미이며, 창조물이었고 영원히 깨어나지 못할 꿈이었다."

결국 랠프는 눈먼 사랑의 관능에 굴복하고 매기를 뜨겁게 안는다. 이렇게 행복한 적도, 이토록 불행한 적도 없다고 말하는 랠프. 매기 역시 그와 같은 마음이었다. 그를 보내야만 한다는 사실을 알았기에 그의 모습을 마음속 깊이 새기기 위해 애쓴다. 랠프는 언제나 사랑했고 앞으로도 언제까지나 사랑할 거라고 말하며 그녀의 곁을 떠나 바티칸으로 간다.

매기 또한 고향의 목장으로 돌아간다. 그리고 그곳에서 랠프의 아들, 데인을 낳는다. 훌륭한 청년으로 성장한 데인은 성직자의 길을 걷겠다고 선언하고 바티칸에 있는 랠프를 찾아간다. 데인은 사제 서품을 받고 신부가 되지만 크레타에서 물에 빠진 사람들을 구하고 세상을 떠난다.

데인이 죽고 난 후에야 매기는 랠프에게 데인이 그의 아들이었음을 알리고, 랠프는 오열한다.

"울어요, 랠프! 내가 26년 동안 데인을 키운 것을 알지도 못했죠. 당신을 꼭 닮았는데도 알지 못했어요! 데인을 당신께 보내면서 내가 편지로 썼죠. 내가 훔친 것을 다시 돌려드린다고. 우리 두 사람이 같이 훔친 거예요. 당신이 하느님에게 바치기로 맹세한 것을 훔쳤고, 우리 두 사람은 그 대가를 이제야 치르게 되는 거예요."

랠프는 추기경이 되겠다는 야망이 눈을 가려 자신의 아들조차 알아보지 못했다는 후회와 자책의 고통으로 비명을 지르고, 매기는 그런 그를 용서하고 품 안에 안는다.

매기의 이런 독백으로 소설은 끝을 맺는다.

"가시에 가슴이 찔린 새, 그 새는 무엇을 위해 자신이 피를 흘리는지 모르면서 노래 부르며 죽어간다. 그러나 우리들은 가슴을 가시에 찔릴 때를 안다, 깨닫는다. 그러면서도 우리들은 그렇게 살아가는 것이다. 그것이 바로 우리의 삶이다."

가시나무새는 자신의 선택이 어떤 것인지도 모른 채 가시나무에 찔려 가장 아름다운 노래를 부르며 죽어간다. 그러나 신은 인간에게 가시에 찔린 채 피 흘리며 살아갈지, 상처 없는 삶을 살아갈지 선택할 권리를 주셨다. 때문에 우리는 살아가면서 자주 선택의 순간과 맞닥뜨린다. 그리고 가시에 찔릴 것을 알면서도 상처를 선택한다.

영혼에 작은 상처 하나 남기지 않은 사랑을 진정한 사랑이라고 할 수 있을까. 한 번도 상처받은 적 없는 인생을 과연 치열하게 살아간 인생이라고 할 수 있을까. 심장을 바칠 수 있는 사랑이 진짜 사랑이다. 내 모든 것을 걸고 선택한 삶이 제대로 사는 삶이다.

단 한 번도 가시에 찔린 적 없이, 그래서 가장 아름다운 노래가 무엇인지도 모르고 살아온 인생은 어쩌면 가장 가여운 인생이 아닐까. 어쩌면 이런 생각을 하는 순간이 바로 가시에 찔리는 순간인지도……

기 드 모파상
『여자의 일생』

☑ 내 인생의 키는 내가 쥐어야 한다

19세기 문단의 총아

독일의 철학자 니체는 『이 사람을 보라』에서 독일 작가들을 악평한 후에 프랑스 작가들을 찬양하면서 이렇게 말했다.

"그중에서도 특히 한 사람의 천재를 든다면 그 이름은 모파상이다."

기 드 모파상Guy de Maupassant, 1850~1893의 어머니는 남편과 이혼한 후 아들을 데리고 에트르타로 이주한다. 문학을 좋아했던 어머니는 아들에게 셰익스피어의 작품들을 읽어주었는데, 모파상은 그중에서도 『한여름 밤의 꿈』을 가장 좋아했다.

모파상을 가르치던 시인이 죽자 어머니는 어릴 때부터 친구였던 플로베르에게 아들의 지도를 부탁한다. 플로베르는 모파상을 열성적으로 가르쳤다. 결국 모파상은 단편소설 『비곗덩어리』와 장편소설 『여자의 일생』을 내놓아 문단의 총아가 되었다.

모파상은 신경 질환으로 고통을 겪으면서도 10년간의 문단 생활 동안 무려 300편이나 되는 단편소설과 6편의 장편소설을 썼다.

어머니를 모델로 쓴 『여자의 일생』

평생 독신으로 지냈던 모파상은 "결혼이란 낮에는 악감정의 교환이고, 밤에는 악취의 교환 외엔 아무것도 아니"라고 하며 결혼을 부정했다. 그는 결혼은 원하지 않았지만 끊임없이 여자를 사랑했고 결국 1893년 매독균에 의한 신경 발작으로 43세의 나이에 죽음을 맞았다. 그는 최후에 이 말을 남겼다.

"어둡다. 아아…… 정말 어두워……."

모파상의 작품 중에서도 『여자의 일생』에 대해 톨스토이는 이렇게 극찬한 바 있다.

"이 작품은 비단 모파상 일대의 걸작일 뿐 아니라 빅토르 위고의 『레미제라블』 이후 프랑스 소설 중 최고 걸작일 것이다."

『여자의 일생』의 원제목은 '어느 생애'인데, 1883년 이 작품이 출간된 후 모파상은 그 명성을 전 유럽에 떨쳤다. 이 소설은 그의 어머니를 모델로 쓰였다고 전해진다.

잔이 꿈과 희망에 부풀어 수녀원 부속학교를 졸업하는 순간 부터 소설은 시작된다. 잔은 다정한 부모님과 하녀 로잘리와 함께 평온하고 행복한 날들을 보낸다. '그는 어떤 사람일까?' 잔은 사랑하는 사람이 생기면 온 마음을 다 바쳐 그를 사랑하리라 꿈을 품는다. 연애에 동경을 품고 있던 순진무구한 그녀 앞에 젊은 자작 쥘리앵이 나타난다.

쥘리앵의 청혼을 받고는 부푼 꿈을 안고 결혼 생활을 시작한 잔. 하지만 결혼 첫날밤부터 아름다운 꿈을 무참히 배반하는 현실이 시작된다. 쥘리앵은 아내의 의사와는 상관없이 난폭하게 그녀를 껴안고 애무했다. 잔은 아무것도 이해하지 못하는 상태에서 심한 아픔을 느꼈다. 지금껏 품어온 기대와 환상이 산산이 깨져버린 현실에 환멸을 느낀 잔은 이렇게 중얼거린다.

"그이가 아내가 된다고 말하던 게 이거였구나. 겨우 이거야! 이거란 말이야!"

마르세유로 신혼여행을 가는 날, 쥘리앵은 잔에게 어머니가 용돈을 얼마 주셨는지 묻는다. 가는 곳마다 값을 깎고 계산서가

올 때마다 조목조목 따지고 든다. 게다가 잔이 어머니에게 받은 용돈까지 자신이 지니고 있겠다며 가져간다. 황홀한 자연 앞에서 잔은 감동하여 눈물까지 흘리지만, 쥘리앵은 그런 아내를 이해하지 못하고 오직 육체적인 쾌락만 추구한다. 잔은 두 사람이 서로 영혼까지 교류할 수 없다는 사실을 깨닫고 절망한다.

신혼여행에서 돌아온 직후부터 쥘리앵은 변해갔다. 그녀에게 별로 관심을 두지 않았고, 말도 걸지 않았다. 애정의 모든 흔적이 갑자기 사라지고, 그녀의 침실로 들어오는 밤도 드물었다. 또 그는 집과 재산의 모든 관리권을 쥐고 소작인들을 괴롭혔다. 몸치장은 하지 않고 수염도 깎지 않았다. 잔이 타이르면 "내 맘대로 하게 놔둬!"라고 고함을 쳤다. 그녀에게 남편은 영혼과 마음을 굳게 닫은 남과 같았다.

그러던 중 하녀 로잘리가 아버지가 누구인지 모르는 아이를 낳는다. 쥘리앵은 집안에 사생아를 둘 순 없다고 말하지만 잔은 따뜻이 로잘리를 보살펴준다. 그러던 어느 날 잔이 열병에 걸린다. 견딜 수 없이 아파 로잘리를 불렀지만 좀처럼 오지 않았다. 힘겹게 로잘리의 방으로 찾아갔지만 아무도 없었다. 곧 죽을 것 같은 위기감에 남편의 방으로 찾아간 잔. 그런데 그곳에 로잘리가 남편과 함께 누워 있는 것이 아닌가.

잔은 맨발에 잠옷 차림으로 눈 덮인 들판을 달린다. 그리고 절벽 끝에 이른다. 신음처럼 "엄마……"라고 중얼거리는 그녀의 눈앞에 산산조각난 자신의 시신 앞에 무릎 꿇고 있는 부모님의 모습이 스쳐간다. 부모님이 겪을 고통을 떠올리자 잔은 죽지 못하고 힘없이 눈 위에 쓰러지고 만다.

의식이 돌아온 잔은 남편이 신혼여행에서 돌아온 직후부터 로잘리와 동침해왔고, 로잘리가 낳은 아들도 그의 자식이라는 사실을 알고 절망한다. 자신의 배 속에서도 생명이 자라고 있었기 때문이다.

잔은 아들 폴을 낳는다. 어두운 날들이 이어진다. 쥘리앵은 바람둥이였고, 두 사람 사이에는 대화가 사라졌다. 경멸하는 남편과의 사이에서 태어난 아들 폴만이 그녀가 살아가는 의미였다.

그런데 남편이 갑자기 죽고 만다. 쥘리앵은 백작 부인과 불륜 관계였는데, 벼랑 위 이동식 오두막에서 두 사람이 밀애를 즐기는 걸 본 백작이 오두막을 벼랑 쪽으로 끌고 가 밀어버린 것이었다. 오두막집은 맹렬한 속도로 비탈을 굴렀고, 그 안에 있던 쥘리앵과 백작 부인은 죽음을 맞았다.

남편을 잃은 잔은 이번에는 아들인 폴에게 자기 운명을 맡긴다. 노심초사 아들 걱정만 하는 잔. 아들의 학교에 너무 자주 면회를 가서 교장의 경고까지 받는다. 하지만 폴도 그녀를 행복하게 해주지는 못한다. 폴은 학교에서 공부는 하지 않고 말썽만 부린다. 노름과 투기에 손을 댔다가 큰 빚을 지게 되고, 손자의 파산 뒤처리를 하던 잔의 아버지는 뇌졸중으로 쓰러져 돌아오지 못한다.

모두 떠나고 잔 혼자 남아 있는 집에 누군가 들어온다. 이제는 늙어버린 로잘리였다. 두 사람은 서로 부둥켜안은 채 오래 흐느껴 운다. 이제부터라도 잔을 모시겠다고 말하는 로잘리. 잔은 그녀의 손을 꼭 쥐고 말한다.

"아아, 내겐 운이 없었어. 뭐 하나 되는 일이 없었어. 운명이 일생 동안 악착같이 괴롭혔지."

잔의 자산은 바닥이 난다. 집과 농원을 모두 잃고 방이 두 개뿐인 작은 집으로 이사한 그녀는 과거를 그리워하며 밖으로 나가지도 않고, 움직이려고도 하지 않는다.

그러던 어느 날 폴이 아내가 딸아이를 낳고 죽어간다는 편지를 보낸다. 로잘리가 그녀 대신 파리로 가 아기를 데리고 온다. 잔이 자신의 무릎에서 잠들어 있는 어린아이의 체온을 느끼며 포대기를 벗기자 연약한 생명은 밝은 빛에 놀라 입을 오물거리며 푸른 눈을 뜬다. 잔은 아기를 꼭 끌어안고 키스를 퍼붓는다.

그때 옆에 있던 로잘리가 말한다.

"인생이란 사람들이 생각하는 것처럼 그렇게 좋은 것도, 그렇게 나쁜 것도 아닌가 봐요."

끊임없이 아름다운 꿈을 꾸지만 늘 그 꿈에 배반당하고 절망하는 여인 잔. 남편에서 아들로, 다시 손주로…… 이리저리 돛의 방향을 바꾸면서도 정작 자신에게는 향하지 못한다. 잔은 운명이 가혹하다고, 재앙이 자신에게 기를 쓰고 달려들었다고 말한다.

반면 로잘리는 하녀로 태어나 주인에게 유린당하고 쫓겨났지만 스스로 인생을 개척해나간다. 그리고 옛 주인이 밑바닥까지 추락하자 그녀를 도우며 적극적으로 인생을 살아간다. 어쩌면 잔보다 로잘리의 삶이 더 힘들고 혹독했을지 모른다. 하지만 그녀는 운이 나빴다며 운명을 탓하지 않는다. 그저, 인생이란 그렇게 좋지도 나쁘지도 않다고 말할 뿐이다.

비관하는 내내 잔은 스스로 슬픔 속으로 걸어 들어갔다. 부딪쳐 깨지더라도 고칠 건 고치고 바로잡을 건 바로잡아야 하는데, 그저 운명이라고 받아들이며 절망 속으로 걸어 들어갔다. 내 인생의 키를 타인에게 내어주고는 이리저리 흔들리며 내 인생은 왜 이런가 한탄하고 슬퍼하기만 했다. 이렇게 살아서는 자신의 인생에게 미안하지 않을까.

내 인생의 키는 내가 쥐어야 한다. 나침반도 쥐고 나아가야 한다. 바람이 오면 바람을 맞으며, 파도가 치면 파도를 거슬러가며 내 길을 내가 가야 한다. 그런 후에 탄식해도 늦지 않을 것이다. 인생이란 그렇게 좋지도 나쁘지도 않았다고.

찰스 디킨스
『위대한 유산』

☑ 사랑만이 위대한 유산이다

디킨스를 읽지 않으면 외톨이가 되기 십상

셰익스피어와 더불어 영국이 낳은 가장 위대한 작가, 찰스 디킨스 Charles Dickens, 1812~1870. 그가 활동하던 시기에 사교계에는 한 가지 불문율이 있었다. 모임이나 파티에서 이런 말을 하지 않는 것.

"나는 디킨스를 읽지 않습니다."

이 말을 했다가는 외톨이가 되기 십상이었다.

디킨스는 1842년 1월 강연을 위해 미국으로 건너갔는데, 가는 곳마다 어마어마한 인파가 몰려 대성황을 이루었다고 한다. 지금의 연예계 스타 못지않은 인기를 누렸던 것이다.

지위가 높거나 낮거나, 여자거나 남자거나 누구에게나 큰 인기를 누렸지만, 그는 불우한 유년 시절을 보냈다. 경제관념이 부족했던 아버지가 빚을 지는 바람에 가족들이 채무자 감옥에서 지내야 했으며, 가난 때문에 12세 때부터 구두약 공장에서 일해야 했다. 『위대한 유산』은 그의 이러한 경험이 담긴 자전적 소설이다.

"크리스마스 할아버지도 죽었나요?"

찰스 디킨스는 집안 형편 때문에 학교를 마치지 못하고 속기술을 배워 의회 기자로 일했다. 하지만 문학에 대한 꿈을 접지 않고 1833년 첫 단편 「포플러 거리의 만찬」을 발표하면서 작가로서 첫발을 내디뎠다. 주요 작품으로 『올리버 트위스트』, 『니콜라스 니클비』, 『크리스마스 캐럴』, 『데이비드 코퍼필드』, 『두 도시 이야기』, 『위대한 유산』 등이 있다.

지독한 일 중독자였던 그는 『에드윈 드루드의 미스터리』를 집필하던 중인 1870년 6월 9일 심장마비로 사망했다. 제3부가 발표되기 며칠 전이었는데, 점심을 먹던 디킨스는 갑자기 괴로운 표정으로 횡설수설하기 시작했다. "어서 런던으로 가야지!" 하며 벌떡 일어섰다가 비틀거리듯 다시 앉고는 세상을 떠났다.

당시 영국은 물론 전 세계 독자들이 깊은 슬픔에 잠겼다. 한 소녀가 크리스마스 할아버지도 죽은 것이냐고 물었다는 유명한 일화와 더불어 노동자들이 술집에서 "친구가 죽었다"며 함께 울었다는 이야기도 전해진다.

누나와 대장장이 매형 조 가저리와 함께 살고 있는 고아 소년 핍. 그는 늪지대 교회 묘지에 있는 엄마 무덤에 갔다가 발에 쇠고랑을 찬, 감옥선에서 탈출한 듯한 사람을 만난다. 그의 협박을 받아 다음 날 아침 쇠고랑을 자를 수 있는 줄칼과 음식을 가져다준다. 결국 그 죄수는 다른 탈옥수와 싸움을 벌이다 다시 체포되고 핍은 일상으로 돌아간다.

한편, 그 마을에는 갑부 할머니 해비셤이 있었는데, 그녀의 양딸인 에스텔라와 놀아줄 소년으로 핍이 선택된다. 핍이 처음 그 저택에 놀러 간 날, 해비셤은 백발의 머리에 면사포를 쓰고, 하얀 구두에 하얀 드레스를 입고 있었다.

그녀에게는 고통스러운 과거가 있었다. 25년 전 결혼식 날 약혼자에게 버림받은 해비셤은 그 후 모든 시계를 멈추게 하고 웨딩드레스와 면사포 차림으로 햇빛을 보지 않고 그 자리에서 살아왔던 것이다.

해비셤은 에스텔라에게 남자에 대한 복수심을 심어주고, 딸을 이용해 남자에 대한 복수를 하려 한다. 아름다운 에스텔라가

혐오스러운 개라도 보는 듯 거만한 태도로 자신을 무시하고 경
멸하자, 핍은 난생처음 자신의 신분과 외모, 그리고 훌륭한 교육
을 해주지 못한 매형 조에 대한 수치스러움을 느낀다.

　집에 강도가 든 일로 핍의 누나가 신경이 쇠약해지자, 친구 비
디가 집안 살림을 도와주기 위해 이 집에 오게 된다. 상냥하고
마음씨 고운 비디에게 핍은 말한다.

　"비디. 나는 신사가 되고 싶어. 나한테는 신사가 되고 싶은 특
별한 이유가 있어. 미스 해비셤의 집에 아름다운 아가씨가 있어.
그녀는 이 세상 누구보다도 아름답고 난 그녀를 몹시 흠모해. 내
가 신사가 되고 싶은 것은 바로 그녀 때문이야."

　핍이 대장장이 매형 조의 견습공으로 일한 지 4년째 되던 해
의 어느 토요일, 낯선 손님이 찾아온다. 런던의 변호사라고 자신
을 소개한 그는 핍이 엄청난 유산을 받게 되었으며, 런던에서 신
사로 길러지게 될 것이라고 말해준다. 런던에 도착한 핍은 회계
사의 관리하에 신사들과 교류를 갖기 시작하고 상류층의 삶에
적응해간다.

　그러던 중 핍은 매형 조가 런던에 다니러 온다는 편지를 비디
에게 받는다. 하지만 이제 그는 매형을 만나는 것이 그리 달갑지
않다. 못 오게 할 수 있다면 그렇게 하고 싶다. 핍을 찾아온 매형

은 "나리"라고 존칭을 썼다가 "핍"이라고 불렀다가 하며 그를 어려워한다. 그리고 에스텔라가 그를 보고 싶어 한다는 해비셤의 말을 전한다.

에스텔라 일로 왔다는 말에 그제야 더 잘해줄걸 하고 후회하는 핍. 서둘러 돌아가려는 걸 핍이 같이 저녁이라도 먹자고 붙잡자 조는 손을 내밀며 말한다.

"핍, 이보게 친구, 인생이란 서로 나뉜 수없이 많은 부분들의 집합으로 이루어져 있단다. 그래서 어떤 사람은 대장장이고, 어떤 사람은 양철공이고 어떤 사람은 금세공업자고, 또 어떤 사람은 구리세공업자이게끔 되어 있지. 사람들 사이에 그런 구분은 생길 수밖에 없고 또 생기는 그대로 받아들여야 하는 법이지."

"우리는 다시 만나지 말아야 할 사람"이라고 말하며 조는 떠난다.

그 후 핍은 외국에서 교육을 받고 돌아온 에스텔라를 다시 만나고, 더욱 아름다워진 그녀에게 매혹당한다. 하지만 런던에서 그녀를 만나는 동안 핍은 줄곧 고통스러워한다. 그녀의 말을 신용할 수도, 희망을 걸 수도 없었지만, 그녀에게서 벗어나지도 못했던 것이다.

그러던 중 누나가 세상을 떠나고, 누나의 장례식에 와서 매형과 비디를 다시 만난 핍은 마음이 따뜻해진다. 누나의 집에 더 이상 있을 수 없게 된 비디에게 금전적으로 도움을 주려 하지만 거절당한다. 새로 생기는 학교의 교사 자리를 알아볼 생각이라는 비디. 그녀 또한 그간 꾸준히 자신을 계발해왔던 것이다. 그리고 비디는 조와 달리 유산을 받은 후 핍의 태도가 변했다고 따끔하게 조언한다.

그러던 어느 날 낯선 신사가 핍을 방문하고, 핍은 그가 예전에 자신이 도움을 주었던 죄수라는 것을 알게 된다. 그의 이름은 매그위치. 핍은 매그위치에게 충격적인 말을 듣는다.

"그렇단다, 핍, 애야. 내가 바로 널 신사로 만든 사람이란다."

핍에게 막대한 유산을 물려준 사람은 바로 죄수 매그위치였던 것이다. 핍은 그동안 에스텔라의 도움인 줄 알았던 유산이 죄수의 것이라는 사실을 알고는 충격에 빠진다. 그리고 에스텔라는 허위에 가득 찬 신사들 중에서도 가장 비열한 자와 결혼하겠다고 말한다. 핍이 그 결혼을 말리자 에스텔라는 "일주일이면 마음속에서 날 잊고 말걸"이라고 답한다.

"내가 널 잊는다고? 넌 내 존재의 일부야. 나 자신의 일부란 말이야. 내가 처음 이곳에 왔을 때부터 내가 읽은 책의 한 행 한 행마다 네가 살아 있었어. 그때도 너는 거칠고 비천한 소년의 불쌍한 가슴에 상처를 줬지. 그 후 내가 보는 모든 경치 속에도 너는 있었어. 강 위에도, 배의 돛 위에도, 늪지대에도, 구름 속에도, 빛 속에도, 어둠 속에도, 바람 속에도, 숲속에도, 바다에도, 길거리에도 너는 살아 있었어. 또 네 존재와 영향력은 너무 커서 차라리 이 런던 건물의 돌을 바꾸어놓는 것이 네 존재와 영향을 바꾸는 것보다 쉬울 거야. 에스텔라. 넌 내 내부의 선의 일부이자 악의 일부로 남아 있을 거야."

한편 핍은 천한 신분 때문에 사기를 당하고 감옥에 수감되었던 매그위치의 삶을 동정하여 그가 런던을 무사히 빠져나갈 수 있도록 돕는다. 하지만 실패로 끝나고, 경찰에게 발각된 매그위치는 체포 도중 큰 상처를 입어 사형 집행 전에 죽게 된다. 매그위치의 재산은 국가로 환수되었고, 그로 인해 핍의 유산 상속도 물거품이 되고 만다.

이제 핍의 인생은 허공에서 밑바닥으로 곤두박질친다. 빚만 늘고 병든 핍을 찾아온 사람은 다른 누구도 아닌, 대장장이 매형 조였다. 그는 아픈 핍을 간호해주고 핍이 진 빚을 갚아준다.

조의 따뜻한 사랑에 힘입어 용기를 얻은 핍은 열심히 일해서 재기에 성공한다. 그리고 고향으로 가는 길에 이렇게 독백한다.

"나는 마음이 부드러워졌으며 큰 변화가 내부에서 일어났다.

마치 먼 여행길에서 맨발로 집으로 돌아오는 사람처럼 느껴졌다."

숫돌에 칼을 갈면 무딘 칼도 어느새 날카롭게 벼려진다. 그런데 잘 들여다보면 쇠를 갈 만큼 단단한 숫돌도 보이지 않게 마모되고 있음을 알 수 있다. 연장을 빛내주기 위해 제 몸이 깎여나가는 아픔을 견디고 있었던 것이다.

우리 곁에도 그런 사람들이 있다. 나를 믿어주고 사랑해주고 날 위해 희생하는 사람들……. 그들은 나 하나를 쓸 만한 연장으로 만들기 위해 자신이 깎여나가는 아픔을 견딘다.

『위대한 유산』에서 핍이 다시 일어날 수 있었던 것은, 그의 곁에 한결같은 신뢰를 보내주는 지혜로운 인생의 안내자가 있었기 때문이다. 핍이 받은 위대한 유산은 죄수에게 받은 막대한 돈이 아니라 가난한 대장장이 조에게 받은 신뢰와 사랑이었다.

그리고 핍에게 진짜 신사가 무엇인지 가르쳐준 것은 런던에서 만났던 신사들이 아니라 따뜻한 인품으로 언제나 변함없이 핍의 곁에 있어준 대장장이 조였다.

어쩌면 우리는 모두 사랑과 신뢰, 희생이라는 위대한 유산을 이미 받은 상속자들인지도 모르겠다.

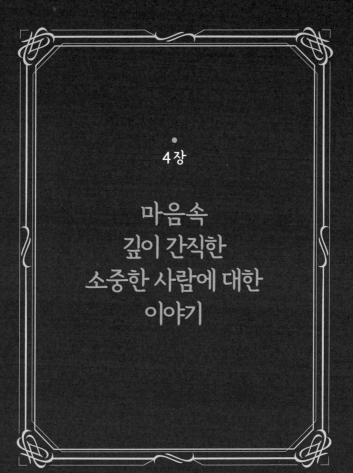

4장

마음속
깊이 간직한
소중한 사람에 대한
이야기

안토니오 스카르메타
『네루다의 우편배달부』

☑ 시인이 되고 싶으면 바닷가로 나가보라

네루다와의 인터뷰를 바탕으로 쓴 소설

파블로 네루다의 말년을 담은 소설 『네루다의 우편배달부』는 안토니오 스카르메타Antonio Skármeta, 1940~가 1985년에 쓴 작품이다. 그는 기자 출신으로 네루다 생전에 그를 장시간 인터뷰한 바 있다.

안토니오 스카르메타는 젊은 시절, 이 소설의 등장인물인 우체부 마리오처럼 연인에게 사랑을 고백하기 위해 네루다의 시집 『스무 편의 사랑의 시와 한 편의 절망의 노래』를 뒤적거리곤 했다고 한다.

어린 시절 빈민가에 살면서 방과 후에 일을 해 돈을 벌어야 했지만, 스카르메타는 낙담하지 않았다. 스스로 번 용돈으로 만화를 실컷 보고 영화관을 들락거리며 탱고와 팝송을 기웃거리는 삶이 지금의 그를 이루었다.

젊은 시절엔 히피를 동경하고 여러 나라로 무전여행을 떠나기도 했는데, 그는 스스로 이렇게 말했다. 제임스 딘처럼 자전거를 타면서 산티아고 중심가를 누비고, 로버트 미첨을 흉내 내 얼굴 근육 하나 움직이지 않고 셰익스피어의 시를 낭송하는 그런 삶을 살았다고.

스카르메타는 칠레의 군사 독재를 피해 아르헨티나와 독일 등지를 떠돌면서 끊임없이 소설을 발표했다.

세계적인 시인과 시골 우체부의 우정이 주는 감동

칠레의 산티아고에서 남쪽으로 120킬로미터를 가면 『네루다의 우편배달부』의 배경이 되는 이슬라 네그라 해변이 나온다. 스페인어로 '검은 섬'이라는 뜻이다. 이곳이 유명해진 것은 20세기 라틴 아메리카가 낳은 최고의 시인 파블로 네루다가 여기에 살았기 때문이다. 네루다의 무덤이 있는 이곳은 아직도 해마다 많은 이들이 찾고 있다.

파블로 네루다는 어느 날 해변에 떠밀려 온 문짝 하나를 바다가 준 선물로 여겨 그걸로 책상을 만들었다. 그리고 그때부터 바다 빛깔을 닮은 초록색 잉크로 시를 썼는데, 이 소설 『네루다의 우편배달부』에서도 시인인 네루다가 언제나 초록색 잉크를 쓰는 것으로 묘사된다.

재치 넘치는 대화, 해학적인 묘사, 순수한 에피소드들이 넘치는 즐거운 소설 『네루다의 우편배달부』는 영화 「일 포스티노」로도 만들어졌는데, 전혀 어울릴 것 같지 않은 두 사람, 세계적인 시인과 시골 우체부의 우정이 깊은 감동으로 다가오는 작품이다.

1969년 6월, 고기잡이를 하다가 그만둔 청년 마리오는 우체국 창에 붙어 있는 구인 광고를 보고 안으로 들어간다. "자전거 있나?", "글 읽을 줄 아나?" 질문은 오직 이 두 가지였고 "네"라는 대답에 마리오는 우체부가 된다. 그가 담당하는 수신인은 단한 사람, 시인 파블로 네루다다.

　　어느 날 시인이 메타포라는 단어를 쓰자 마리오가 메타포가 무엇인지 묻는다.

　　"한 사물을 다른 사물과 비교하면서 말하는 방법이지."

　　마리오가 시인이 되고 싶다고 하자 네루다는 당장 포구 해변으로 가라고 말한다. 바다의 움직임을 관찰하며 메타포를 만들어낼 수 있을 거라고 하면서.

　　예를 들어달라는 마리오에게 네루다는 자신의 시를 읊어준다. 그러자 마리오는 선생님이 시를 낭송할 때 마치 자신이 그의 말들 사이로 넘실거리는 배 같았다고 말한다. 그러자 시인이 말한다. 자네가 지금 뭘 만들었는지 아느냐고. 바로 메타포를 만들었다고 말이다.

마리오는 주점의 소녀 베아트리스를 사랑하게 된다. 그래서 네루다의 시를 외워 베아트리스의 호감을 산다. 베아트리스의 어머니가 "그놈이 도대체 너에게 무슨 말을 했기에 넘어갔느냐"고 묻자 베아트리스가 대답한다.

"그가 말하기를 제 미소가 얼굴에 나비처럼 번진대요. 제 웃음은 한 떨기 장미고 영글어 터진 창이고 부서지는 물이래요. 홀연 일어나는 은빛 파도라고도 그랬고요."

마리오는 시인의 시를 이용해 그토록 갈망하던 사랑을 얻게 된다. 그리고 결혼식 날 네루다가 주프랑스 대사로 임명됐다는 소식을 접한다. 편지를 전달할 대상이 없어진 마리오는 그날로 직장을 잃게 된다.

베아트리스의 식당에서 주방 일을 담당하게 된 마리오는 네루다의 메타포를 빌려 식품에 이름을 붙인다. 양파(동그란 물장미), 마늘(아름다운 상아), 토마토(상쾌한 태양), 감자(한밤의 밀가루), 참치(깊은 바다 속의 탄알), 사과(오로라에 물들어 활짝 피어오른 순수한 뺨), 소금(파도의 망각).

어느 날, 마리오에게 파리에 있는 시인의 편지와 소포가 도착한다. 너무나 그리워하던 네루다에게 편지와 녹음기를 받은 마리오의 마음은 이렇게 묘사된다.

"몇 달 동안 공허하기만 하던 풍경이 꽉 찼음을 느꼈다. 이제 숨을 깊이 쉴 수 있을 것 같았다."

마리오는 네루다가 보낸 녹음기에 바다의 움직임을 소리로 담으려 애쓴다. 녹음기를 줄에 매달아 게가 집게를 비벼대고 해초들이 달라붙어 있는 바위 틈새에 밀어 넣는다. 나일론 천 조각으로 녹음기를 감싸고 아버지의 배를 이용해 부서지는 파도 속으로 들어간다. 그리하여 3미터짜리 파도가 투우사의 단창처럼 해변에 내리꽂히기 직전의 음향을 잡아낸다.

갈매기가 수직으로 하강하여 정어리를 쪼는 소리와 팔딱거리는 정어리를 부리로 제어하며 물 위를 스치는 소리를, 밀물과 썰물, 바람에 상큼하게 부서지는 파도 소리를, 불꽃놀이처럼 쏟아지는 별똥별을 보고 개들이 짖는 소리와 바닷바람이 자아내는 변덕스러운 오케스트라 종소리를, 커졌다 작아졌다 하는 등대 사이렌의 신음 소리를, 그리고 베아트리스의 배 속에 있는 아기의 가녀린 심장박동 소리를…….

그 후 칠레에 쿠데타가 일어나고, 정국이 어지러운 때에 네루다는 병이 깊어져 칠레로 돌아온다. 마리오는 총알이 빗발치는 가운데 우체국으로 간다. 네루다에게 온 편지와 전보를 그에게 전하기 위해서였다. 군인들이 네루다 집 근처에 바리케이드를 쳐놓았고, 뒤쪽에는 군용트럭 한 대가 세워져 있었다. 마리오는 전보를 하나하나 외운 후 몰래 집으로 들어간다.

"마리오인가?"

시인이 묻는다. 그리고 말한다.

"나는 자네의 둘도 없는 벗이고 뚱쟁이고 자네 아들의 대부야."

네루다는 마리오에게 의지해서 창가로 간다. 그리고 바다를 응시한다. 마리오는 외워온 전보 내용을 그에게 구두로 전한다. 그러나 네루다는 이렇게 말한다.

"이봐. 편안히 죽을 수 있게 절묘한 메타포나 하나 읊어보게."

시인은 최후를 맞이하고 마리오는 네루다를 찬양한 시를 썼다는 이유로 체포되면서 두 사람의 바다 빛깔 우정을 담은 아름다운 이 소설은 끝이 난다.

처음부터 끝까지 재치가 넘치는 대사로 즐거운 소설, 서로 어울릴 것 같지 않은 두 사람의 우정과 아름다운 시와 감동으로 가득한 이 소설을 읽다 보면 순박한 우체부가 시인에게 던진 질문 하나가 가슴을 친다.

"선생님은 온 세상이 다 무엇인가의 메타포라고 생각하시는 건가요?"

아마도 시인은 우리가 보고, 느끼고, 살아가고, 사랑하고, 미워하고 외면하는 모든 것들이 온통 메타포로 가득 차 있다고 답하지 않았을까.

세상은 온통 시의 메타포로 넘친다. 창문 너머 밝아오는 아침의 태양, 갓 잠에서 깬 부스스한 가족의 얼굴, 빵 굽는 냄새와 커피 향기, 늘 걷던 거리의 풍경, 자동차의 경적 소리…… 나를 둘러싼 것들은 모두 아름다운 시가 되고 노래가 될 수 있다. 다만 우리가 그것을 놓치고 있을 뿐.

제롬 데이비드 샐린저
『호밀밭의 파수꾼』

☑ 모두의 아픈 성장에 건네는 파수꾼의 위로

『호밀밭의 파수꾼』의 주인공과 샐린저는 닮은꼴?

제롬 데이비드 샐린저Jerome David Salinger, 1919~2010는 부유한 유태계 아버지와 스코틀랜드계 어머니 사이에서 태어났다. 육군사관학교를 졸업했으며, 뉴욕 대학교를 중퇴한 뒤 어시너스 칼리지와 컬럼비아 대학교에서 문예창작 수업을 받았다.

샐린저가 1951년 발표한 『호밀밭의 파수꾼』은 16세 소년인 홀든 콜필드가 학교에서 쫓겨난 뒤 보낸 사흘 동안의 이야기를 담고 있다.

이 작품의 성공으로 대중의 큰 관심을 받게 되었지만, 샐린저는 세상과 소통하기를 거부했으며 언론에 공개되는 것도 극도로 꺼렸다. 샐린저의 아버지는 사업가로, 아들에게도 소망하는 문학과는 거리가 먼 사업을 시키려 했다는데, 어쩌면 샐린저 그 자신이 반항아 홀든이었던 것은 아닐까.

☑️ **명작 비하인드**

전 세계 청춘을 사로잡았던 문제의 고전

마크 채프먼이 존 레넌을 암살하고 난 후 도주하지 않고 인도에 앉아 『호밀밭의 파수꾼』을 읽다가 현장에서 체포된 사실은 유명하다. 그는 암살 동기에 대해 "거짓과 가식에 대한 콜필드의 절규 때문"이라고 말했다. 또한 엘리아 카잔 감독이 이 작품을 영화로 만들려고 했는데, 작가 샐린저는 주인공 홀든이 싫어할까 봐 두렵다는 이유로 거절했다고 한다.

은둔 작가와 흑인 소년이 소통해가는 과정을 그린 영화 「파인딩 포레스터」는 단 한 편의 걸작을 남기고 은둔 생활을 했던 샐린저를 모델로 만든 영화이기도 하다. 『호밀밭의 파수꾼』은 많은 뮤지션을 매혹시켰고 그들의 음악 속에도 녹아들어 있다.

『호밀밭의 파수꾼』은 시종일관 빈정거림과 냉소로 가득 차 있다. 콜필드는 냉소적인 반항아의 대명사가 되었고, 소설 속 그의 어휘는 십 대들 사이에서 유행이 되었다. 그래서일까. 지금은 100대 명작 소설 중 하나인 이 소설은 한때 읽어서는 안 되는 금서로 지정되기도 했다.

홀든 콜필드는 열여섯 살의 크리스마스 휴가가 시작될 무렵, 다니던 사립학교에서 쫓겨난다. 다섯 과목을 수강했는데 그중 네 과목에서 낙제를 했기 때문이다. 네 번째 퇴학이었다. 퇴학의 이유에 대해 그는 "주위에 있는 것이 엉터리 자식들뿐이었기 때문"이라고 말한다. 기숙사의 동료와 교사들은 모두 그가 싫어하는 위선과 허위로 가득 찬 속물들이었다.

홀든은 퇴학 통지서가 부모님 손에 들어갈 때까지 변호사인 부모님과 여동생 피비가 살고 있는 집으로 가지 않고 브로드웨이의 한 호텔에 묵으면서 자유를 즐기기로 마음먹는다. 기숙사에서 나오면서 그는 긴 복도를 향해 "잘들 퍼자라. 이 바보들아!" 하며 고래고래 소리를 지른다.

기차를 타고 뉴욕에 도착하자 홀든은 여동생 피비가 보고 싶다. 피비처럼 예쁘고 깜찍한 아이는 세상에 또 없을 거라고 생각한다. 사실 홀든이 생각하기에 가족 중에 멍청이는 자신뿐이었다. 형은 작가였고, 동생 앨리는 재능이 정말 뛰어났다. 두 살 밑의 남동생 앨리는 백혈병으로 일찍 세상을 떠났는데, 앨리가 죽던 날 밤 홀든은 차고의 유리창을 전부 주먹으로 때려 부쉈다.

그는 싸구려 호텔에 방을 정하고 지하 술집에 들어가 낯선 여자에게 춤을 청하기도 한다. 그곳에서 나온 홀든은 로비에 앉아 옛 여자친구 제인 갤러허를 생각한다. 그녀가 룸메이트 스트라드레이터와 같은 차 안에 있었다는 게 떠오르자 미칠 것 같다.

홀든은 나이트클럽으로 가려고 택시를 탄다. 그리고 기사에게 센트럴파크의 호수를 지나가본 적이 있는지 묻는다.

"오리들이 그곳에서 헤엄을 치고 있잖아요? 봄에 말이에요. 그럼 겨울이 되면 그 오리들은 어디로 가는지 혹시 아세요? 누군가 트럭을 몰고 와서 오리들을 싣고 가버리는 건지, 아니면 어디 따뜻한 곳으로 날아가버리는 건지 말이에요."

택시 기사는 그를 귀찮아하고, 홀든은 술집에서 만났던 여자들에게 느꼈던 단절감을 또 한 번 느낀다. 속물로 가득 찬 나이트클럽의 분위기에 환멸을 느낀 그는 다시 호텔까지 걸어온다. 그리고 엘리베이터 보이가 "오늘 밤, 여자에 관심 있으십니까?"라고 묻자 자기도 모르게 "좋아요"라고 대답해버린다.

서니라는 이름의 여자가 들어오자 홀든은 그냥 얘기만 나누기로 하고는 약속한 5달러를 지불한다. 그러나 엘리베이터 보이와 공모한 서니는 홀든을 때리고는 5달러를 더 강탈해간다. 홀든은 그날 밤 창밖으로 뛰어내리고 싶은 충동을 느낀다.

가출 둘째 날, 홀든은 별로 마음에 들진 않지만 예전에 사귀었던 샐리를 만나 충동적으로 사랑을 고백하고, 함께 도망치자고 말한다. 샐리는 몹시 화를 내며 거절한다.

그녀와 헤어진 후 선배와 술을 마시기도 하지만 홀든은 모두에게서 위선과 허위만을 느낀다. 그는 센트럴파크의 오리들이 걱정된다. 하지만 오리는 어디에도 없었다. 홀든은 죽음의 불안을 느끼고 공원을 벗어나 집으로 간다.

홀로 비를 맞으며 집에 와선 몰래 여동생 피비를 만난다. 오빠가 퇴학당한 것을 눈치챈 피비는 머리를 베개에 파묻는다.

"오빠는 모든 일을 다 싫어하는 거지? 학교마다 싫다고 했잖아. 오빠가 싫어하는 건 백만 가지도 넘을 거야. 그렇지?"

오빠가 정말 좋아하는 것을 말해보라는 피비의 말에 홀든은 말한다.

"내가 뭐가 되고 싶은지 말해줄까? 만약 내가 그놈의 선택이라는 걸 할 수 있다면 말이야."

홀든은 호밀밭의 파수꾼이 되고 싶다고 한다. 어린애들이 호밀밭 같은 데서 뛰어놀다가 절벽 밑으로 떨어지는 것을 막아주는 파수꾼이 되고 싶다고. 되고 싶은 것은 오직 그뿐이라고.

부모님을 피해 집을 나서려는 홀든에게 피비는 크리스마스 용돈으로 모아둔 돈 8달러 65센트를 내준다. 홀든은 별안간 울음이 난다. 한참을 울고 난 뒤 예전 영어 선생님을 찾아가는데, 선생님은 학교로 돌아가라고 설교를 늘어놓는다. 그날 밤 홀든은 선생님을 피해 그 집을 나선다.

다시 혼자가 된 홀든은 멀리로 떠날 결심을 한다. 집에도 돌아가지 않고 다른 학교에도 가지 않고, 자신을 아는 사람이 아무도 없는 서부로 도망치기로 한 것이다. 그리고 마지막으로 피비가 보고 싶어 크리스마스 용돈을 돌려주겠다며 박물관 앞으로 나와달라는 편지를 보낸다.

박물관 입구에서 피비를 기다리던 홀든은 큰 여행 가방을 끌다시피 하며 오는 피비를 보고 깜짝 놀란다.

"나도 오빠하고 같이 갈 테야."

여동생의 고집을 꺾지 못한 홀든은 피비를 데리고 동물원에 간다. 그때 갑자기 비가 미친 듯이 퍼붓기 시작하고, 모두가 비를 피해 뛰어가지만 홀든은 벤치에 그냥 앉아 회전목마를 타는 피비를 바라본다. 그리고 생각한다.

"흠뻑 젖는 건 피할 수 없었다. 하지만 상관없었다. 피비가 목마를 타고 돌아가는 걸 보며, 불현듯 행복함을 느꼈으므로. 너무 행복해서 마구 소리 지르고 싶을 정도였다. 왜 그랬는지는 모르겠다. 그냥 피비가 파란 코트를 입고 회전목마 위에서 빙글빙글 도는 모습이 너무 예뻐 보였다. 누구한테라도 보여주고 싶을 정도로."

그 후 홀든은 피비와 함께 집에 돌아가 정신병원에 입원한다. 그리고 이렇게 사흘간의 고백을 마감한다.

"누구에게든 아무 말도 하지 마. 말을 하게 되면, 모든 사람이 그리워지기 시작하니까."

오직 호밀밭의 파수꾼이 되고 싶을 뿐, 아무런 희망도 없었던 홀든. 외로운 홀든이 절벽 아래로 떨어지지 않도록 지켜주는 파수꾼은 무엇이었을까. 그도 사실 위로받고 싶었던 것이 아닐까. 위로받는 방법을 몰랐을 뿐. 부패와 경쟁, 부조리에 물들어가는 세상에서 마음의 병을 키워갔던 그 아이, 홀든은 당신 속에, 내 속에, 우리 속에 스며들어 있다.

서로에게 우리는 어떤 파수꾼이 되어주어야 할까. 절벽에서 떨어지지 않도록 눈빛 맑은 시선을 전해주고 전폭적인 신뢰를 보내주는 파수꾼, 서로에게 그런 호밀밭의 파수꾼이 되어주고 싶지는 않은지.

트레이시 슈발리에
『진주 귀고리 소녀』

☑ 마음에는 나만 볼 수 있는 명화가 있다

역사의 한 귀퉁이를 소설로 되살려내는 작가

트레이시 슈발리에Tracy Chevalier, 1962~는 1962년 미국에서 태어났다. 여덟 살 때 어머니를 여의었고, 아버지는 『워싱턴포스트』지 사진기자였다. 오하이오의 오벌린 대학교에서 영문학을 공부하였고, 스물두 살에 영국 런던으로 건너가 작가 인명사전 편집자로 일했다. 틈틈이 습작을 하다 본격적인 창작 공부를 위해 이스트 앵글리아 대학교에 입학하여 문예창작학으로 석사학위를 받았다.

트레이시 슈발리에는 1997년 첫 장편소설 『버진 블루』가 재능 있는 신인 작가를 발굴하는 '프레시 탤런트'에 선정되면서 화려하게 등단했고, 1999년 신비에 싸인 네덜란드 화가 요하네스 베르메르의 그림을 다룬 『진주 귀고리 소녀』를 발표하며 세계적인 작가가 되었다. 역사소설만을 써온 그녀는 간결한 문체와 섬세한 고증을 바탕으로 작품 속에 한 시대를 완벽하게 되살려낸다는 찬사를 받고 있다.

진주 귀고리 소녀의 비밀

네덜란드 정부가 세계적인 화가 렘브란트의 작품보다도 더 아낀다는 베르메르의 그림 「진주 귀고리 소녀」. '북구의 모나리자'라 불리는 이 그림은 화가의 인생만큼이나 신비에 싸인 작품이다.

소녀와 여인의 중간쯤 되어 보이는 그림 속 여자의 표정은 어떤 마음을 담은 것인지 알 수 없다. 그림의 배경에는 모델의 신분을 설명해줄 어떤 단서도 없다. 단지 소녀의 귓불에 매달린 채 반짝 빛나는 큼직한 진주 귀고리가 보는 이의 눈길을 사로잡는다.

매혹하는 동시에 매혹당한 듯한 소녀의 눈길에 궁금증은 더욱 커진다. 이 소녀는 누구일까? 어떻게 그림의 모델이 되었을까? 화가를 응시하면서 무슨 생각을 하고 있을까? 커다란 두 눈과 보일 듯 말 듯한 미소 뒤에 숨어 있는 건 순수일까, 유혹일까.

트레이시 슈발리에 역시 20여 년간 이 그림 포스터를 자기 방에 붙여놓았다고 한다. 그러던 어느 날 '이 소녀는 누구일까', '베르메르는 왜 이 소녀를 그렸을까', '소녀는 무슨 말을 하려는 걸까'라는 궁금증에서 출발하여 써 내려간 작품이 바로 『진주 귀고리 소녀』이다.

1664년 네덜란드의 도시 델프트에 사는 열여섯 살 소녀 그리트. 타일 도장공인 아버지가 폭발 사고로 시력을 잃자 소녀는 가족의 생계를 위해 화가 베르메르 집안의 하녀로 들어간다. 그 집에서 그리트는 손이 터서 갈라질 정도로 집안일을 한다.

빨래와 청소를 하고 푸줏간에 가서 고기를 고르고 생선을 사고 부엌일을 하는 고된 하루가 지나고, 화실 청소를 할 때였다. 화가가 그린 그림을 보며 그리트는 그림 속의 여자가 두른 망토며 진주 목걸이를 걸쳐보고 싶어진다. 그리고 이 여자를 그린 남자가 어떤 사람인지 알고 싶어진다.

저택에 있던 이틀 동안 화가의 모습을 보지 못했던 그리트는 셋째 날 그와 얼굴을 마주치게 된다. 베르메르는 잿빛 눈으로 그리트를 바라본다. 미소를 짓지도, 그렇다고 찡그리지도 않는다.

베르메르의 아내가 또 한 명의 아이를 낳을 때쯤, 후원자인 반 라위번이 집에 왔다가 그리트를 본다. 탐욕의 눈길로 그리트를 보던 반 라위번은 그녀를 구석으로 몰아세운다. 한 손으로 턱을 쥐고 다른 한 손으로 그녀의 얼굴 가까이로 촛불을 가져다

대더니 "자네, 이 아이를 꼭 그려야겠어" 하고 말한다.

어느 날 그리트가 화실의 창문을 닦고 있는데 베르메르가 들어온다. 어깨 너머로 돌아보며 눈을 동그랗게 뜬 그리트에게 베르메르는 움직이지 말라고 하고는, 어깨 너머로 다시 한번 자신을 보라고 주문한다. 그리고 오랫동안 그림을 그리지 않던 그가 다시 그림을 그리기 시작한다.

"턱을 아래로 숙여라. 그리고 아래를 봐. 날 보지 말고. 그래 그거야. 움직이지 마."

자신을 쳐다보는 시선에 얼굴이 붉게 달아오른 그리트는 뭔가 다른 것을 생각하려 애쓴다. 그러자 베르메르는 그것들이 마음을 흩트린다며 아무것도 보지 말라고 말한다. 그래도 여전히 집중하지 못하는 그녀를 향해 베르메르는 눈을 감아보라고 한다.

그저 그림이란 눈에 보이는 대로의 색을 써서 그리는 것이라고 생각하는 그리트에게 베르메르는 그렇지 않음을 알려준다.

"창밖을 봐라. 저 구름들이 무슨 색이지?"

"그야 하얀색이지요, 주인님."

"네가 다듬던 야채들을 생각해봐라. 순무와 양파, 그것들이 같은 흰색이냐?"

"아니요. 순무는 흰색 안에 초록 빛깔이 있고, 양파는 흰색 안에 노란빛이 있습니다."

"그래, 맞았다. 이제 저 구름 속에 어떤 색깔들이 보이지?"

"푸른색도 약간 있고, 노란색도 있습니다. 그리고 약간의 초록색도 있습니다."

아, 구름이 저랬구나! 마치 구름을 처음으로 보는 느낌이 든다. 그 후 그리트는 사물들을 유심히 보게 된다. 그녀는 그렇게 베르메르를 통해 세상을 새롭게 보는 법을 배운다.

베르메르는 그리트를 다락방으로 데려가서 물감 재료를 가는 일을 하게 한다.

"아냐, 손을 이렇게 해야지."

베르메르의 손이 자신의 손 위에 놓인 순간, 그리트는 크게 놀라 쥐고 있던 물건을 떨어뜨린다. 그의 살갗이 조금만 닿아도 소스라쳐 움츠러들고 뜨겁고 차가워지는 상태. 몸살기 혹은 위경련 또는 치통. 그녀에게 사랑은 그렇게, 떨림이고 설렘이며 미열 같은 혼란이었다.

호색한 후원자인 반 라위번이 다시 한번 그리트를 그림에 담아내라고 독촉하자 베르메르는 그녀를 모델로 세운다. 베르메르의 눈동자가 그리트의 눈과 얽힌다. 그리트는 그의 잿빛 눈동자가 굴 껍데기 속처럼 아름답다고 생각한다.

베르메르는 하녀인 그리트가 아닌 처음 봤을 때의 그리트를 그리겠다고 말한다. 그리고 그녀를 더 아름답게 그리기 위해 아내의 진주 귀고리를 건넨다. 하녀가 진주 귀고리를 한다는 것은 위험한 일. 하지만 그리트는 기꺼이 가는 바늘로 자신의 귀를 뚫는다. 오직 '그를 위한 일'이라고 생각하며.

그림은 아름답게 완성됐지만 이 일은 파국을 몰고 온다. 칼을 들어 그림을 찢으려는 아내의 손목을 붙든 베르메르. 그와 시선이 마주치자 그리트는 이것이 그의 눈을 보는 마지막 순간임을 직감한다. 그리트는 그 집에서 쫓겨난다.

10년 후, 푸줏간 아들의 아내가 되어 살아가는 그리트에게 화가네 집 하녀가 찾아와 베르메르의 아내가 부른다고 전한다. 그녀는 죽은 남편이 부탁했다며 그리트에게 유품을 건넨다. 바로 진주 귀고리였다.

화가의 아내는 말한다.

"나는 다시는 이 귀고리를 하지 않았어. 그럴 수가 없었지."

그리트 역시 그 선물을 귀에 걸 수 없었다.

눈빛 하나에 가슴이 타고 인생이 흔들리는 그런 사랑을 현실이 아닌 그림에만 담을 수 있었던 화가는 행복했을까, 불행했을까? 그녀의 갈망하는 눈빛을, 요구하는 입술을, 붉게 물든 뺨을 그림으로 확인하며 황홀했을까, 고통스러웠을까?

그에 대한 사랑을 꿈꿀 수도, 그에 대한 기억을 간직할 수도, 그를 그릴 수조차 없던 여자의 사랑은 어땠을까? 그저 눈물만 흘렸을까, 원망했을까? 증오했을까, 더욱 사랑했을까?

그 누구에게도 말할 수 없고, 상대방에게조차 꺼내 보일 수 없으며, 그의 선물을 차마 사용할 수조차 없는 사랑은 그 자체로 한 폭의 그림이다. 타인은 볼 수 없지만 자신은 기억 속에서 늘 꺼내어 보는 나만의 명화다.

헤르만 헤세
『나르치스와 골드문트』

☑ 다르게 살아간다

헤세의 전생은 히말라야 산중의 은둔자?

헤르만 헤세Hermann Hesse, 1877~1962의 외사촌 빌헬름 군데르트 교수에 의하면, 헤세를 전혀 알지 못하는 프랑스의 여자 예언가가 그를 보더니 이렇게 말했다고 한다.

"당신은 유럽에서는 이방인입니다. 전생에 당신은 히말라야 산중에 사는 은둔자였습니다. 뾰족뾰족한 암벽들 사이에서 고독한 삶을 영위하며 예쁜 꽃들이 피어 있는 푸른 목장을 좋아했습니다."

실제로 헤세는 작가이기도 했지만 방랑자이자 은둔자, 구도자였다. 은둔자적 히피들로부터 '성자'로 칭송받을 정도였는데, 그의 이러한 내면세계는 작품 전반에 잘 드러나 있다.

당신은 나르치스인가, 골드문트인가

헤르만 헤세의 소설 중 『데미안』과 더불어 독자들에게 가장 많은 사랑을 받아온 작품이 『나르치스와 골드문트』다. 흔히 '지知와 사랑'이라는 제목으로 소개되어왔는데, 헤세는 이 소설을 "영혼의 자서전"이라고 말하기도 했다. '우정의 역사'라는 부제가 붙어 있으며 작가의 유년 시절의 경험이 반영된 작품이다.

두 주인공의 이름이 담긴 제목에서 알 수 있듯, 이 소설은 서로 대립되는 세계에 속한 두 인물, 나르치스와 골드문트가 나누는 사랑과 우정, 방황과 동경 등을 담고 있다.

나르치스가 지성형이라면 골드문트는 감성형의 인간이다. 나르치스가 정신적, 종교적인 방식을 통해 완전한 삶과 인식에 도달하고자 한다면, 방랑자이자 자유로운 예술가인 골드문트는 예술을 통해 이에 다다르고자 한다.

소설은 두 사람 중 주로 골드문트의 이야기가 중점적으로 다뤄진다.

나르치스가 수습 교사로 일하고 있는 마리아브론 수도원에 골드문트가 신입생으로 들어온다. 수도원 입구에 들어선 골드문트와 그의 아버지는 타고 온 말을 밤나무에 매어놓았다. 소년은 헐벗은 나무를 올려다보며 말했다.

"정말 특이하게 생긴 아름다운 나무예요. 나무 이름이 뭔지 알고 싶어요."

아버지는 소년의 말에 신경 쓰지 않았지만, 문지기가 밤나무 이름을 일러주었다. 골드문트는 수도원에 들어서자마자 밤나무와 문지기라는 두 친구를 사귄 셈이었다. 그렇게 그는 감수성이 예민하고 사람들에게 호감을 주는 소년이었다.

첫 수업 시간에 수습 교사 나르치스가 들어오는 것을 보고 골드문트는 깜짝 놀랐다. 선생님이 너무 젊고 멋졌던 것이다. 나르치스의 날씬한 체격과 서늘하게 빛나는 눈매, 또박또박 분명하게 모음을 발음하는 입술과 날아갈 듯 지칠 줄 모르는 목소리에 골드문트는 기분이 좋아졌다.

나르치스 또한 골드문트에 대해 황금의 새처럼 너무나 멋진 소년이 자기한테로 날아왔다고 생각하고 있었다.

나르치스는 골드문트가 모든 면에서 자기와 상반된 존재인 듯하면서 닮은 데가 있다는 것을 직감으로 알아챘다. 나르치스가 어두운 성격에 깡마른 체격이었다면 골드문트는 눈부시게 화사한 존재였다. 나르치스가 사변가요 분석가였다면, 골드문트는 몽상가요 어린아이처럼 순진한 영혼의 소유자였다.

나르치스는 골드문트에게 빠져들었다. 할 수만 있다면 소년을 이끌어주고 끌어올려서 활짝 꽃피게 하고 싶었다. 그들은 성향이 다르고 가치관이 달랐다. 골드문트가 신앙보다 사랑의 방랑과 예술적 창조의 삶을 따라가는 타입이라면, 나르치스는 금욕과 신앙의 삶을 추구하는 타입이었다. 두 사람은 달라도 너무 달랐지만 금세 가까워져 가장 친한 벗이 된다.

시간이 흐를수록 골드문트는 더욱 예민해진 감수성으로 몽상과 꿈의 세계에 몰입하게 되었다.

"길가에 피어 있는 꽃 한 송이나 기어 다니는 작은 벌레 한 마리가 도서관을 가득 채운 모든 책들보다도 더 많은 것을 말하고 더 많은 것을 함축하고 있지 않을까 싶어."

결국 골드문트는 관능의 세계로 빠져들어 수도원을 떠나게 된다. 그는 나르치스에게 말한다.

"내 가슴에 피어난 꿈처럼 갑자기 낯모르는 아름다운 여인이 다가온 거야. 그녀는 내 머리를 품에 안고 있었지. 나에게 꽃다운 미소를 지어 보였고 나를 사랑해주었지. 첫 입맞춤에 나는 금방 몸속이 녹아내리는 듯한 야릇한 통증을 느꼈어. 지금까지 느껴온 모든 그리움과 꿈, 내 속에 잠자고 있던 온갖 달콤한 불안과 비밀이 깨어나서 모든 것이 변모하고 마치 마술에 걸린 것처럼 새로운 의미를 갖게 되었지."

그는 이제 수도원에 단 하루도 머물 이유가 없어졌다고 말한다. 나르치스는 그녀와 함께 가는 거냐고 묻고 그녀에게 너무 의지하지 말라고 충고한다. 하지만 골드문트는 이렇게 답한다.

"나에게는 사랑이 곧 삶으로 통하는 길이고 삶의 의미로 통하는 길이야."

마지막 순간까지 둘은 너무나 달랐다. 나르치스는 제단 앞에서 지친 무릎을 꿇고 정갈한 기도와 묵상으로 밤을 지새우고, 골드문트는 이곳에서 도망쳐 그 어딘가에 있을 나무 밑에서 사랑을 찾아 그녀와 달콤한 동물적 유희를 다시 즐길 것이었다.

수도원을 나선 골드문트는 긴 방랑의 길에 오른다. 그는 가는 곳마다 여성을 만나고, 여성들은 예외 없이 그의 멋진 모습과 감각에 매료되고 만다. 하지만 골드문트는 어느 한곳에도, 어떤 여인에게도 머물지 않는다. 골드문트의 기나긴 방랑 생활은 무수한 여인들에게 눈물을 쏟게 했다.

그러던 어느 날, 골드문트는 궁정 칙사의 애첩인 아그네스와의 밀애 현장을 들켜 교수형에 처해질 위기를 맞는다. 그는 살아야겠다는 집념으로 사형 집행 전날 고해성사를 해주러 신부가 들어오면 그를 죽이고 탈출할 계획을 세우는데, 이때 들어온 신부가 옛 친구 나르치스였다. 그는 나르치스의 도움을 받아 목숨을 구한다.

수도원장의 자리에 올라 있는 나르치스는 골드문트를 다시 수도원으로 데려온다. 그리고 그에게 작업실을 제공하고 수도원에 필요한 예술 작품을 만들어달라고 부탁한다. 골드문트는 기꺼이 이를 받아들이고 자신의 삶이 투영된 작품을 만들기 시작한다. 그리고 작품이 완성되자 다시 방랑을 떠난다.

세월이 흐른 후 골드문트는 병든 몸으로 나르치스를 찾아온다. 죽음을 맞기 직전, 골드문트는 나르치스에게 고백한다.

"나르치스, 내 인생의 절반은 자네한테 잘 보이려고 했던 일이었네. 그런데 이제 자네가 나를 사랑했다고 말했네. 나한테 이제 더 이상 아무것도 남아 있지 않은 바로 이 순간에, 방랑도 자유도, 세상도 여자들도 모두 나를 곤경에 버려두고 있는 바로 이 순간에 말일세. 자네의 말을 받아들이겠네."

　골드문트는 수많은 사랑을 체험하는 동안 허망함이란 대가를 치러야 했고, 속박 없는 즐거움을 누리기 위해 쓰라린 고독을 맛보아야 했다. 그는 사랑이 슬픔이라는 것을 알면서도 사랑하기를 두려워하지 않았고, 인생이 허망한 줄 알지만 그렇다고 도망치지도 않았다.

　그는 다가오는 모든 감정에 충실했다. 생의 한가운데로 뛰어들어 비가 내리면 비를 맞고 바람이 불면 바람을 맞았다. 큰 소리로 환호를 지르며 두 팔을 가득 벌려 그들을 맞이했다.

　사랑은 환상이고 인생은 몽상에 불과하다고 해도 거기 풍덩 뛰어드는 것, 그것이 우리의 삶이 아닐까? 그런 의미에서 우리는 모두 몽상가이며 또 한 사람의 골드문트인지도 모르겠다.

───────────

윌리엄 셰익스피어
『베니스의 상인』

───────────

☑ 우정은 힘이 세다

인간이 창조한 가장 위대한 천재, 셰익스피어

"영국이 낳은 세계 최고의 극작가!", "한 시대가 아닌 만세를 위한 작가!", "인간이 창조한 가장 위대한 천재!" 이 모든 찬사에 반기를 드는 사람이 있을까?

이 수식어들이 설명하는 이는 37편의 희곡을 썼고, 서사시 『비너스와 아도니스』, 『루크레티아의 능욕』과 총 154편에 달하는 소네트 등의 작품을 남긴 대문호, 바로 윌리엄 셰익스피어William Shakespeare, 1564~1616다.

그가 태어난 마을은 아름다운 자연에 둘러싸인 영국의 전형적인 소읍이었다. 아버지 존 셰익스피어는 비교적 부유한 상인으로 피혁가공업과 중농을 겸하고 읍장까지 지낸 유지였다. 셰익스피어는 열한 살에 입학한 문법학교에서 문법, 논리학, 수사학, 문학 등을 배웠으며, 성경과 더불어 오비디우스의 『변신 이야기』를 상상력의 원천으로 삼았다. 그는 다양한 경험, 인간에 대한 심오한 이해력, 천부적인 재능으로 뛰어난 작품들을 남겼다.

이탈리아의 옛날이야기에서 온 희극

극작가로서 셰익스피어의 활동기는 1590년부터 1613년까지의 대략 24년간으로 볼 수 있다. 이 기간 동안 그는 37편의 희곡을 발표하였다. 그중에서 1596~1597년경에 쓴 것으로 추정되는 『베니스의 상인』은 그의 4대 비극이라 불리는 『햄릿』, 『맥베스』, 『오셀로』, 『리어왕』과 달리 아주 유쾌한 작품이다.

『베니스의 상인』은 총 5막으로 구성되어 있으며, 1605년에 초연된 후 지금까지 수없이 공연되고 영화로도 만들어졌다. 이탈리아의 옛날이야기를 모티브로 삼았다고 하는데 안토니오와 바사니오 두 남자의 우정과 포샤의 지혜로운 판결이 통쾌하고 재미있다.

베니스의 상인 안토니오는 친구 바사니오에게 벨몬트에 사는 여인 포샤에게 청혼하러 가기 위한 여비를 빌려 달라는 부탁을 받는다. 하지만 그는 전 재산이 해상에 있어 자신의 배를 담보로 대부호 샤일록에게 돈을 빌리게 된다.

샤일록은 안토니오를 원수로 생각하는 인물로, 이때를 기회 삼아 무서운 거래를 제시한다. 만약 안토니오가 돈을 기일 내에 가져오지 못할 경우, 심장에서 가장 가까운 부위의 살을 1파운드 떼어내는 조건이다. 친구 바사니오를 믿는 안토니오는 그 무서운 거래에 응한다.

한편 바사니오는 안토니오에게 빌린 돈으로 포샤에게 간다. 막대한 자산가의 딸인 포샤는 구혼자들에게 금·은·납의 세 가지 상자를 내놓고 자기의 초상이 들어 있는 것을 맞추게 하는데, 바사니오는 그 테스트를 통과해 구혼에 성공한다. 그러나 안토니오는 해상에 나갔던 배들이 침몰하면서 샤일록의 돈을 시일 내에 갚지 못하게 된다.

악독한 샤일록은 문서에 쓰인 대로 안토니오의 심장에 가까운 살을 떼어내기 위해 재판을 기다린다. 샤일록의 목표는 오직 하나, 돈이 아닌 원수의 목숨이었다. 그때 모든 사정을 전해 들은 지혜로운 여자, 포샤는 남장을 하고 재판관이 되어 재판장에 나타난다. 포샤는 이런 판결을 내린다.

"문서에는 살을 떼어간다고 했지, 피를 가져간다는 말은 없습니다. 그러니 그 자의 살을 떼어내시오. 그러나 피를 한 방울이라도 흘리면 베니스의 국법에 따라 당신 재산 모두를 몰수할 것이오!"

엉뚱한 복수심에 불타던 샤일록은 황당한 표정이 되고 포샤의 판결은 계속된다.

"자, 살을 베어낼 준비를 하시오. 피는 한 방울도 흘려서는 안 되오. 살도 꼭 1파운드를 베어내야지 많아도 적어도 안 되오. 1파운드보다 많거나 적거나 할 경우엔, 설사 그것이 한 푼의 이십분의 일이라는 근소한 차이일지라도, 아니 머리칼 하나 차라도 저울이 기울기만 하는 날이면 당신은 사형이며 전 재산 몰수요!"

샤일록은 도망치듯 황급히 몸을 피한다. 바사니오는 그 명판결을 내린 판사에게 말한다.

"정말 고맙습니다. 저와 제 친구는 무서운 형벌을 면하게 됐습니다."

바사니오가 샤일록에게 갚으려고 했던 돈을 판사에게 주자 판사는 짐짓 바사니오가 낀 반지를 달라고 한다.

"그것 아니면 안 받겠습니다. 어쩐지 그게 마음에 드는군요."

나중에 포샤가 남장을 한 판사였다는 것을 알고 바사니오와 안토니오는 놀라움을 금치 못한다. 그렇게 포샤의 지혜로운 사랑으로 바사니오와 안토니오의 우정은 태양처럼 웃게 된다.

『베니스의 상인』은 포샤의 지혜로운 판결로 유명한 작품이다. 유태인을 비하한 일이 두고두고 논란거리가 되기도 하였으나, 우선은 아무런 의심 없이 기꺼이 서로를 믿어주고 끝까지 지켜주는 두 사람의 우정이 부럽다. 그들은 우정의 힘으로 악을 물리친 것이나 다름없다.

성공이라는 잣대는 저마다 다르다. 통장 잔고의 액수가 성공의 기준인 사람도 있고, 사는 동네나 집의 평수를 성공의 저울로 삼는 사람도 있다. 높은 지위에 올라 천하를 호령하거나 가장 먼저 올라서서 밑에서 따라오는 사람들을 흐뭇하게 지켜보는 것을 성공이라 생각하는 사람도 있다. 그러나 한 명의 진정한 스승, 열 명의 진정한 친구, 백 권의 좋은 책이 있다면 성공이라는 사람도 있다.

그중에서도 열 명의 친구를 꼽는 것이 가장 어렵다고 한다. 온 세상이 나를 버려도 내 어깨를 굳게 안아주고, 내 등의 짐을 기꺼이 자신의 등으로 옮겨가는 친구, 함석헌의 시구처럼 위기의 순간에 구명대를 사양하며 "너만은 제발 살아다오" 해줄 친구, 그런 친구 열 명을 헤아릴 수 있는가?

우리가 추구해야 하는 것은, 높고 편한 자리가 아니라 외로울 때 편히 찾아가 내 마음을 기댈 수 있는 친구의 존재는 아닐까?

앞으로 달려가던 길을 멈추고 옆을, 뒤를 돌아보면 친구가 쓸쓸한 눈망울로 나를 지켜보고 있을지도 모른다. 그 친구의 어깨가 아직도 굳건한지, 그 친구의 이상이 아직도 건재한지 그 마음을 노크해보고 싶어진다. 그리고 그간 뜸해서 미안했다고 사과하고 그동안의 시간에 징검다리를 놓아보고 싶어진다.

리처드 바크
『갈매기의 꿈』

☑ 높이 나는 새가 멀리 본다

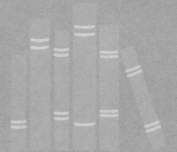

고소공포증 소년, 비행기 조종사가 되다

리처드 바크Richard David Bach, 1936~는 미국 일리노이주에서 태어났다. 그는 어렸을 때 고소공포증이 있었지만 두려움을 극복하고 17세부터 비행기를 조종했다. 1955년 롱비치 주립대학교에 입학했으나 퇴학당한 뒤 공군에 입대하여 조종사 자격을 획득했다.

1958년부터 뉴욕과 로스앤젤레스에서 비행기 잡지 편집 일에 종사하던 중, 미국 공군에 재소집되어 프랑스에서 1년 동안 복무했다. 상업 비행기의 조종사로도 활약해 3,000시간 이상의 비행 기록을 남겼다.

영화 스턴트맨부터 공군 조종사, 비행 교관에 이르기까지 비행기와 관련된 일이라면 안 해본 일이 없는 그였지만, 마음 한편으로 글을 쓰고 싶다는 열망을 가지고 있었다고 한다.

"가장 높이 나는 새가 가장 멀리 본다"

리처드 바크가 1970년 발표한 『갈매기의 꿈』은 갈매기들이 등장하는 우화 형식의 신비로운 소설이다. 자신의 한계를 넘어 날아오르는 법을 배우는 갈매기 조나단 리빙스턴의 이야기를 담고 있는데, "가장 높이 나는 새가 가장 멀리 본다"라는 문장으로 유명하다.

이 작품은 그가 밤 바닷가를 산책하던 중 이상한 소리를 듣고 영감을 얻어 집필했다고 한다. 열여덟 군데의 출판사에서 거절당한 끝에야 작품의 가치를 알아주는 편집자를 만나 빛을 볼 수 있었던 『갈매기의 꿈』은 출간되자마자 세계적인 베스트셀러가 되었다.

책장을 열면 맨 먼저 등장하는 문장은 이것이다.

"아침이었다."

아침이 되자 앞바다에서는 한 척의 어선이 미끼를 바다에 뿌리기 시작한다. 그러자 수많은 갈매기 떼가 이리저리 날면서 서로 다투듯 먹이를 쪼아 먹는다. 그렇게 생존을 위한 부산한 하루가 시작되는데, 갈매기 조나단 리빙스턴만이 그 소란을 외면한 채 비행 연습에 열중하고 있다.

그에겐 꿈이 있다. 보다 더 높이, 보다 더 멀리 날고 싶은 꿈이다. 먹이를 쫓기 위해 하늘을 나는 다른 갈매기들과 달리 그는 꿈을 좇기 위해 비행한다. 그는 다른 무엇보다 자신이 날 수 있다는 사실을 사랑했다.

동료들은 물론 가족들조차 그런 조나단을 이해하지 못했다. 그의 아버지는 머지않아 겨울이 오면 어선들도 거의 없어지고 수면의 고기들도 깊은 데서 헤엄치게 될 것이라며 조나단이 우선 먹이 잡는 법을 배우기를 바랐다. 그래서 그도 며칠간 다른 갈매기들처럼 행동하려 노력했다. 하지만 무의미한 짓이라는 생각만 들 뿐이었다.

조나단은 다시 비행 연습을 하기 위해 혼자 먼바다로 나간다.

"이제…… 더…… 몇 미터만……."

날개의 커브를 돌리며 더 날아오르려고 할 때, 깃털이 곤두서며 중심을 잃고 떨어지는 조나단. 그래도 부끄러워하지 않고 다시 한번 날아오른다. 그러다 또 중심을 잃고 바다에 떨어진다.

조나단이 해변의 갈매기들과 다시 합류했을 때는 완전히 깜깜한 밤이었다. 대장 갈매기는 그를 무리 가운데에 세우더니, 갈매기족의 위엄과 전통을 침해했다는 이유로 추방령을 내린다. 갈매기 사회에서 추방되어 멀리 떨어진 벼랑에서 혼자 살게 된 것이다.

하지만 조나단은 매일매일 많은 것을 배운다. 공중에서 잠자는 법을 터득하고, 밤에 앞바다로 향하는 바람을 가로질러 진로를 잡는 법을 배우며, 해 뜰 때부터 해 질 때까지 1백 마일을 내리 나는 법도 배운다.

그러던 어느 날, 두 마리의 갈매기가 그를 찾아온다. 조나단은 그들이 자신이 가지고 있던 최고 비행 속도를 가볍게 뛰어넘는 것을 보고 충격을 받는다. 그리고 그 갈매기들과 함께 '초월적' 비행의 세계, 더 위대한 갈매기의 세계에 도착한다. 그들 역시 갈매기 무리에서 이탈했으며, 비행에서 완벽을 추구하는 이들이었다.

새로운 세상에서 만난 조나단의 스승은 그에게 이렇게 말해준다.

"높이 나는 새가 멀리 본다."

스승의 가르침을 받아 정진한 결과 조나단은 제로의 영역, 초월적인 비행 속도에 도달하게 된다. 드디어 그 어떤 갈매기보다 더 높이 그리고 더 멀리 날아오를 수 있게 된 것이다. 다른 갈매기들의 인정에도 조나단은 겸손함을 잃지 않고, 스승은 "끊임없이 남에게 사랑을 베풀라"는 가르침을 남기고 떠나간다.

갈매기 무리 중에 자신과 같은 존재가 더 있을지 모른다는 생각을 하게 된 조나단은 다시 지상의 세계로 내려간다. 그곳에서 플레처 린드라는 갈매기를 만나 첫 제자로 삼는다.

"보이는 것만 믿지 마. 네 눈이 보는 것은 한계뿐이야."

제자에게 나는 법을 가르쳐준 조나단은 허공으로 사라지고, 그가 떠난 자리에서 플레처가 다른 제자들을 가르치며 허공을 향해 이렇게 미소를 짓는다.

"한계는 없다고 했지요, 조나단?"

끝없이 날아오르기를 거듭하는 조나단처럼, 우리도 미래로 향하는 자전거 페달을 밟으며 달리는 중이다. 자전거를 탈 때,

바로 눈앞만 내려다보아서는 앞으로 나아갈 수 없다. 그렇지만 멀리 보면 두려움을 잊고 달릴 수 있다.

지금 당신이 달리고 있다면, 어느 지점에 있는가는 그리 중요하지 않다. 앞서가고 있다고 우쭐할 필요도, 뒤처져 있다고 주춤할 필요도 없다. 중요한 것은 내가 낼 수 있는 속도를 내며 달리고 있는가이다.

누구에게나 한계에 부닥치는 순간은 온다. 숨이 턱까지 차올라 한 발도 더 내디딜 수 없을 것 같은 때, 이 책을 펼치면 갈매기 조나단이 당신을 향해 말을 건넬 것이다. 지금 눈앞에 보이는 일에만 매달리지 말고 멀리 내다보라고, 그러면 결코 이룰 수 없을 거라 여겼던 그 꿈이 어느새 현실로 이뤄질 것이라고.

엄밀 아자르
『자기 앞의 생』

☑ 펼쳐진 생이 어떠하든 사랑만 있다면

세상을 놀라게 한 작가의 정체

에밀 아자르Émile Ajar, 1914~1980는 『자기 앞의 생』으로 프랑스 최고의 문학상 공쿠르상을 받게 되자 정체를 숨긴 채 수상을 거절한다는 의사를 밝혔다. 출판사에서는 작가를 찾기 위해 광고까지 했다.

"공쿠르상 수상자 에밀 아자르! 그는 누구인가? 정말 그가 썼는가? 왜 상을 거부했나? 전 세계에 파문을 던진 아자르의 충격!"

이것이 책에 작가 소개 대신 들어 있는 문구였다. 그런데 프랑스 소설가 로맹 가리가 권총 자살한 뒤 6개월 만에 출간된 『에밀 아자르의 삶과 죽음』을 통해 에밀 아자르가 곧 로맹 가리였음이 밝혀진다.

로맹 가리는 유태계 러시아 이민자 출신으로, 1956년 발표한 소설 『하늘의 뿌리』로 이미 공쿠르상을 받은 적이 있었다. 『자기 앞의 생』으로 공쿠르상을 또 받음으로써 그는 중복 수상이 금지된 공쿠르상을 두 번 받은 유일한 작가가 되었다.

왜 모모 앞의 생은 행복한가

로맹 가리가 1975년 발표한 『자기 앞의 생』은 아랍계 소년 모모와 오 갈 데 없는 아이들을 키우는 유태인 보모 로자의 이야기를 담고 있다. 우리나라에서는 '모모'라는 제목의 가요가 발표되기도 했다. 그 노래 의 가사는 다음과 같다.

'너무 기뻐서 박수를 치듯이 날갯짓하며 날아가는 / 니스의 새들을 꿈 꾸는 모모는 환상가 / 그런데 왜 모모 앞에 있는 생은 행복한가 / 인 간은 사랑 없이 살 수 없다는 것을 모모는 잘 알고 있기 때문이다.'

로맹 가리는 『자기 앞의 생』에 나오는 두 주인공의 모델이 자신의 아 들 디에고와 그를 돌봐준 스페인 가정부임을 밝힌 바 있다. 아들에 대 한 사랑과 아버지로서의 죄책감이 담겨 있는 작품인 것이다. 그는 이 작품을 아들에게 남기고 5년 뒤 세상을 떠났다.

열 살 소년 모모는 95킬로그램의 육중한 체구를 오직 두 다리로 지탱하며 날마다 7층 아파트 계단을 오르내려야 하는, 늙고 뚱뚱한 로자 아줌마의 집에서 살고 있다. 그녀는 몇 명의 아이들과 함께 모모를 돌보고 있다.

전직 '거리의 여자'였던 로자 아줌마. 지금과 열다섯 살 때의 그녀를 비교하면 모모는 속이 상했다. 생이 그녀를 속여먹은 거나 진배없다고 생각한다. 모모는 거울 앞에 서서 생이 나를 속여먹게 되면 내 모습이 어떨 것인가 상상한다. 손가락을 입에 넣어 양쪽으로 잡아당기고, 얼굴을 있는 대로 찌푸려가면서.

여섯 살 때인가, 로자 아줌마가 자신을 사랑해서가 아니라 매월 말 받는 우편환 때문에 자신을 보살펴준다는 사실을 알게 된 모모는 밤이 새도록 울고 또 울었다. 생애 최초의 슬픔이었다.

모모의 친구는 양탄자 행상을 하는 여든 살이 넘은 하밀 할아버지다. 할아버지는 모모에게 아랍 말과 글을 가르쳐준다.

"하밀 할아버지, 할아버지는 왜 매일 웃고 있어요?"

"좋은 기억력을 주신 하느님께 감사하느라고 그러지."

하밀은 그 말처럼 60년 전에 8개월 동안 사랑한 여자를 아직도 잊지 않고 사랑하고 있다.

"하느님은 지난 일을 잊게 해주는 지우개를 쥐고 계시지. 그래서 난 두려웠어. 그녀에게 잊지 않겠다고 약속했거든. 그 맹세를 지킬 수 있을지 겁이 나곤 했어. 하지만 이젠 안심이야. 살날이 얼마 남지 않아 잊기 전에 죽을 수 있을 테니 말이야."

모모는 하밀 할아버지에게 묻는다.

"할아버지. 사람은 사랑 없이도 살 수 있나요?"

하밀 할아버지는 "그렇단다"라고 대답하며 부끄러움에 고개를 숙이고, 모모는 그 대답이 너무 슬퍼서 울기 시작한다. 할아버지는 모모에게 감수성이 예민한 아이라며 "사람들이 가장 슬퍼하는 것은 항상 눈을 통해 알 수 있다"고 말해준다.

아랍어 공부가 끝나면 할아버지는 모모에게 니스 이야기를 들려준다. 거리에서 춤추는 광대며 마차 이야기를 해준다. 모모는 그곳에 있다는 미모사 숲이며 종려나무 그리고 너무 기뻐서 마치 박수 치는 것처럼 날갯짓을 한다는 아주 하얀 새의 이야기를 무척 좋아한다. 또 할아버지는 "시간은 사막에서부터 낙타 대상들과 함께 오는 것이며, 영원이라는 짐을 운반하기 때문에 서두를 게 하나도 없다"는 말도 들려준다.

모모는 그를 할아버지라고 부르지 않고, 꼭 "하밀 할아버지!
하밀 할아버지!" 하고 부른다. 아직도 이 세상에 할아버지를 사
랑하는 사람이 있고, 할아버지에게 이름이 있으며, 그 이름을
알고 있는 사람이 있다는 것을 상기시켜드리기 위해서다.

로자 아줌마의 건강이 점점 나빠진다. 아이를 맡기려는 사람
이 없어지자 살길이 막막해진 그녀는 손님을 끌던 때처럼 붉게
화장을 하고 교태 어린 눈짓으로 입술을 실룩거린다. 모모는 차
마 그걸 볼 수 없어 집을 나와 하루 종일 거리를 헤매고 다닌다.

치매 증상을 보이며 혼수상태에 빠져 죽음의 문턱까지 갔다
오기를 여러 번, 로자 아줌마는 모모에게 말한다.

"나를 병원에 보낸다는 고약한 소문이 들려오면 네 친구에게
부탁해서 내게 주사를 한 대 놔주렴. 그러고는 시골에 내다 버
려줘."

모모는 그렇게 하겠다고 약속한다.

어느 날 자신의 아버지라는 사람이 찾아와 데려가려 하지만
모모는 그 사람의 아들이기를 거부하고 로자 아줌마 곁에 남기
를 택한다. 그때 모모는 자신이 열 살이 아니라 열네 살이라는
것을 알게 된다. 자신이 열네 살이 맞는지 묻는 모모에게 의사
인 카츠 선생님은 이렇게 말해준다.

"너는 열네 살이 맞다. 로자 부인은 가능한 한 너를 오래 붙들어두고 싶어 했어. 네가 떠날까 봐 두려웠던 거야. 그래서 네가 열 살밖에 안 되었다고 했던 거란다."

로자 아줌마는 점점 위독해지고, 죽음 직전에 놓인다. 모모는 그녀가 독일 아우슈비츠 수용소의 끔찍한 고통을 피하기 위해 안식처로 마련해둔 지하실로 로자 아줌마를 모시고 간다. 그리고 숨을 쉬지 않는 그녀 곁을 지킨다. 죽은 아줌마의 얼굴에 알록달록 화장을 해 썩어가는 걸 가려주고 냄새를 덮으려 향수를 뿌려준다. 모모는 사람들이 발견할 때까지 그렇게 3주간을 그녀의 곁에서 지낸다.

소년 모모 앞에 펼쳐진 생은 호기심 가득하고 즐거움이 넘치는 것이 아니었다. 아픔과 상처, 눈물이 어려 있는 고달픈 생이었다. 하지만 모모는 책장을 덮고 나서 눈물짓고 있는 우리를 향해 덤덤하게 말을 건넨다. 자기 앞에 펼쳐진 생이 어떠한 것이든 사랑이 있다면, 그것으로 충분하다고. 그러니 '사랑해야 한다고 말이다.

『자기 앞의 생』의 마지막 문장은 이렇다.

"사랑해야 한다."

카슨 매컬러스
『마음은 외로운 사냥꾼』

☑ 나처럼 그도 외롭다

23세 천재 작가의 출현

23세에 첫 장편소설 『마음은 외로운 사냥꾼』을 발표한 카슨 매컬러스 Carson McCullers, 1917~1967는 시계 수리공인 아버지와 보석점에서 일하는 어머니 사이에서 태어났다. 어려서부터 피아니스트를 꿈꾸었으나, 15세 때 류머티즘을 앓으면서 오랫동안 병상에 있어야 했고, 그 시기 독서와 글쓰기에 빠져들었다.

매컬러스는 고등학교 졸업 후 줄리아드 음악학교에 진학하기 위해 뉴욕에 가지만, 등록금을 잃어버리는 바람에 닥치는 대로 일을 하며 살아야 했다. 그러면서 뉴욕대 야간학교에 진학해 글쓰기 공부를 시작했다. 그녀는 19세인 1936년에 고향 콜럼버스로 돌아와 『마음은 외로운 사냥꾼』을 집필했다.

이 작품을 발표하면서 매컬러스는 "23세 천재 작가의 출현"이라는 평을 받았으며, 데뷔작으로는 드물게 유럽 각지에 번역 소개되었다. 앙드레 지드는 매컬러스를 "미국의 기적"이라고 극찬하기도 했다.

『마음은 외로운 사냥꾼』은 2004년 오프라 윈프리의 북클럽에 선정되면서 또 한 번 베스트셀러에 올랐다.

작가야말로 고독한 사냥꾼은 아니었을까

『마음은 외로운 사냥꾼』은 미국 남부 작은 마을에 있는 카페를 배경으로 섬처럼 외롭게 살아가는 사람들의 이야기를 담고 있다. 일상이 지루한 카페 주인 비프, 급진주의자 블런트, 음악가를 꿈꾸는 소녀 믹, 흑인의 인권을 위해 분투하는 의사 코플랜드에게 말하지도 듣지도 못하는 존 싱어는 그들이 각자의 소망과 열정을 진심으로 털어놓을 수 있는 유일한 존재다.

원래 이 작품의 제목은 '벙어리'였다. 그러나 출판사에서 제목을 새롭게 붙인다. 피오나 매클라우드의 시 「고독한 사냥꾼」 중 "내 마음은 외로운 사냥꾼, 쓸쓸한 언덕에서 사냥을 한다"라는 구절에서 제목을 따온 것이다.

1967년 그녀가 세상을 떠나기 전날, 뉴욕에서는 영화 「마음은 외로운 사냥꾼」 촬영이 시작되었다. '내 마음은 외로운 사냥꾼, 쓸쓸한 언덕에서 사냥을 한다'는 시구는 그녀의 마음, 그 풍경이 아니었을까.

1930년대 미국 남부의 한 작은 마을에 귀가 안 들리고 말을 못 하는 두 사람이 함께 산다. 싱어와 안토나풀로스가 그들이다. 그들에게 다른 친구는 없었지만 조금도 외롭지 않았다. 그런데 어느 날 안토나풀로스가 심각한 정신장애로 병원에 입원하는 일이 생긴다.

정신병원으로 떠나는 버스에 오른 안토나풀로스. 싱어는 차창 밖에서 그를 보며 절박하게 수화를 하지만, 안토나풀로스는 도시락 음식을 확인하느라 바빠 보지 못한다. 싱어가 건넨 수화는 뒤돌아보지 않는 친구의 등 뒤에서 애타게 전하는 슬픈 고백이었다.

친구가 떠나고 외톨이가 된 싱어는 믹 켈리라는 소녀의 집 2층에서 하숙을 하게 된다. 소녀 믹에게는 음악가가 되고 싶은 꿈이 있다. 그러나 믹은 그 꿈 때문에 외로웠고, 꿈이 생생한 만큼 외로움과 절망도 생생했다.

언제나 동생을 돌봐야 했으며, 언니들이 물려준 옷을 입기 싫어 바지만 입고 다니는 믹은 2층 계단을 올라가 싱어에게 자신의 꿈과 고민을 털어놓는다. 그러면 싱어는 늘 조용하고 평화롭게 웃어주었고, 믹은 위로를 받았다. 소녀는 시계상인 아빠를 제외하곤 싱어 아저씨가 가장 멋지다고 생각한다.

혼자가 된 싱어는 24시간 문을 여는 마을의 허름한 식당 '뉴욕 카페'에서 보내는 시간이 많아졌고, 몇 시간이고 앉아 있는 그의 주변에는 늘 사람들이 몰려든다. 정체된 삶을 살아가며 아내와 심각한 불화를 겪고 있는 카페 주인 비프 브래넌, 사회 변혁을 꿈꾸는 떠돌이 급진주의자 제이크 블런트, 흑인 의사로 흑인의 인권을 위해 분투하는 코플랜드 박사······. 외로운 이들은 가슴에 품고 있던 말들을 청각장애인인 싱어에게 풀어놓기 시작했다.

싱어는 늘 누구에게나 똑같이 대했다. 주머니에 손을 찔러 넣고 창가의 의자에 앉아서, 고개를 끄덕이거나 미소를 지어서 이해한다는 표시를 했다. 가끔 생각에 잠긴 표정을 지었다가도 결국은 미소를 지었다. 다만 느렸다. 그뿐이었다. 사람들은 그가 정말 알아듣는지 궁금해서 몇 번 농담을 던져보았다. 그러면 싱어는 몇 초가 지나 싱긋 웃었다. 그러다가 우울한 말이 나오면 조금 늦게 미소가 사라졌다.

그에게는 신비로운 구석이 있었다. 싱어의 눈매는 누구도 듣지 못하는 것을 듣는 듯한 느낌을 주었다. 사람들은 차츰 자신이 무슨 말을 하든 싱어가 알아듣는다고 느꼈다. 아니, 어쩌면 그 이상일지도 모른다고. 그래서 사람들은 마치 그가 하느님이라도 된 듯 고해를 하고 고백을 한다. 감정을 그에게 폭포수처럼 쏟아낸다. 하지만 싱어는 그저 싱긋 웃거나 슬퍼하거나 고개를 끄덕이거나 할 뿐이었다.

그들에게 말이란 어떤 의미였을까. 코플랜드는 흑인들은 자신의 의견을 토로할 자유조차 없다고 울분을 터뜨린다.

"우리는 목소리를 높일 수가 없다. 우리의 혀는 입안에서 썩어버려 쓸모가 없다."

떠돌이 주정뱅이이면서 사회 변혁을 꿈꾸는 제이크 블런트는 말한다.

"우리가 진실을 알게 되었을 때, 다른 사람들을 이해시키지 못한다면 무슨 소용이란 말이오?"

그는 싱어에게 "자네만이 유일한 사람"이라고 말한다. 그들은 들을 수도 말할 수도 없는 싱어에게 마음을 털어놓고 그가 지어주는 평화로운 미소 속에 고독과 불행에 맞서 싸울 힘을 얻는다.

하지만 말 없는, 아니 말할 수 없는 싱어에게도 아픔이 있었다. 싱어는 정신병원으로 간 친구 안토나풀로스가 너무나 그립다. 면회 날짜가 되면 친구에게 달려가 그를 보고 온다. 그리고 글자를 모르는 친구에게 편지를 쓴다. 어느 날은 이런 편지를 쓰기도 했다.

"그들은 대단히 바빠. 얼마나 바쁜지 너는 상상도 못 할 거야. 하루 종일 밤새도록 일에 매달린다는 소리가 아니야. 그들은 늘 마음속에 너무 많은 관심이 있어서 쉴 수 없는 거야. 그들은 내 방에 와서 말을 해. 난 그들이 어떻게 지치지도, 쉬지도 않고 입을 열었다 닫았다 하는지 이해할 수 없어."

싱어는 이렇게 그리움을 토로한다.

"너를 마지막으로 본 지 다섯 달하고도 21일이 지났어. 그 모든 시간을 너 없이 혼자 있었어. 난 오로지 너와 함께 있게 되는 날만을 생각하고 있어."

다른 건 다 참아도 너를 보고 싶은 외로움만은 견딜 수 없다고 말하는 싱어. 그 또한 다른 이들이 쏟아내는 고독의 분량만큼 외로운 존재였던 것이다.

싱어는 안토나풀로스를 만나기 위해 병원에 간다. 그런데 안토나풀로스는 이미 세상을 떠난 뒤였다. 그는 친구를 위해 가져간 선물을 호텔 방에 놓고 거리를 배회한다. 돌아오는 기차 안에서는 그를 위해 가져갔던 과일 바구니에서 딸기를 꺼내 먹는다. 마을에 도착한 후에도 밤이 되도록 거리를 걷다가 집에 돌아온 싱어는 아이스커피를 마시고 담배를 한 대 피운다. 그런 다음 재 떨이와 컵을 씻고 주머니에서 권총을 꺼내 자신의 가슴을 쏜다.

싱어가 세상을 떠나자 사람들은 마음의 안정을 찾지 못해 힘 들어한다. 따뜻한 희망의 위안이 사라지자 그들은 외로움의 벽 안에 자신을 가둔다. 믹을 사랑했던 비프는 여름 꽃이 가을에 흩어지듯 그 사랑도 지고 말았다고, 다 끝나버렸다고 독백한다.

이 소설의 주인공은, 청각장애인 싱어(Singer)이다. 들을 수 없 고 말할 수 없는 남자의 이름이 '가수'라니……. 이것은 무엇을 의미할까. 말없이 누군가의 말에 귀 기울여주는 일, 그것은 섬처 럼 외로운 이들에게 노래와 같은 위로와 위안을 주었다.

자기 말을 들어줄 이를 애타게 찾는 소설 속 인물들에게서 우 리는 자신의 모습을 발견하게 된다. 우리는 때로 타인이 자신을 완전히 이해해주리라 믿으며 누군가에게 내 안의 혼란과 의문을 털어놓고 싶어 한다.

그러나 외로움도, 상실도, 허무도 모두 나의 몫이다. 아무리 타인을 둘러보아도 그들의 귀는 닫혀 있고 삶은 여전히 내 몫일 뿐이다. 그러니 인간은 누구나 '마음은 외로운 사냥꾼'이다.

서머싯 몸
『인생의 베일』

☑ 오색의 베일, 그것이 인생이다

인생, 오색의 베일

『인생의 베일』은 20세기 영국 문학의 거장 서머싯 몸William Somerset Maugham, 1874~1965이 1925년 펴낸 장편소설이다. 그는 학창 시절 단테의 『신곡』 연옥 편에 나오는 '피아의 이야기'에 매료되어 30년 후 떠난 홍콩 여행의 경험을 토대로 세련되고 현대적인 20세기 피아 이야기를 창조해냈다.

이 소설의 첫 장에는 영국 시인 퍼시 비시 셸리의 시구가 실려 있다.

"오색의 베일, 살아 있는 자들은 그것을 인생이라고 부른다."

제목 '인생의 베일'은 거기서 따온 것이다.

인간의 본성에 대한 서머싯 몸의 깊은 통찰력이 돋보이는 『인생의 베일』은 세 번이나 영화화되기도 했다.

첫 책을 반품받을 수밖에 없었던 이유

서머싯 몸은 『인생의 베일』 때문에 큰 곤혹을 치른 바 있다. 이 작품은 1920년대 영국 식민 통치하의 홍콩을 무대로 펼쳐진다. 몸은 남자 주인공과 여자 주인공의 이름에 평범한 성 '레인Lane'을 붙였는데 홍콩에 실제로 그런 이름을 가진 사람들이 있었던 것이다. 그들은 모욕을 당했다며 명예훼손으로 몸을 고소했다.

손해배상을 하라는 판결을 받고는 책을 반품받을 수밖에 없었다. 결국 홍콩을 가상의 식민지 칭옌으로 바꾸고 사람들 이름도 바꿔서 재출간했다(최근에 나온 책은 작품의 무대를 다시 홍콩으로 바꾸었다).

반품을 받아야 했던 그 첫 책들은 몇몇 평론가들이 돌려주지 않아서 현재 약 60권 정도가 남아 있다고 한다. 그 책들이 소장가들에게 높은 값에 팔리고 있는 것은 당연한 일이다.

첫 장을 펼치면 소설은 "그럼 누구지?" 하는 불안한 전조로 시작된다. 영국인 세균학자 월터의 아내 키티는 홍콩 총독부 차관보인 유부남 찰스와 부적절한 관계를 맺고 있었는데, 누군가 방문을 열려고 하다 그냥 돌아선다. 키티는 그 사람이 누구인지 궁금해하는 것이다.

키티는 떠밀리듯 월터와 결혼했다. 나이는 차고 동생이 먼저 결혼한다고 하고, 사사건건 간섭하는 어머니가 싫고……. 그런 현실에서 벗어나고 싶다는 것이 키티의 결혼 사유였다.

청혼도, 구애도 서투르기만 하고 낭만이라고는 찾아볼 수 없으며 모든 게 세련되지 않은 청년 월터. 그러나 그는 결혼한 후에도 키티에게 지극히 친절했으며 배려를 다했다. 또한 조금이라도 그녀가 원하는 것이 있으면 서둘러 만족시켜주려고 했다. 월터는 그의 방식으로 지극히 키티를 사랑했다.

하지만 둘은 서로 많이 달랐고 공통의 관심사도 없었다. 키티는 월터에게 아무런 매력을 느끼지 못했고, 결혼 생활은 무미건조했다. 월터는 그녀를 무척이나 사랑했지만, 키티에게서 작은 사랑의 조각, 아니 관심조차 얻지 못했다.

　그러던 어느 날, 키티는 다과 모임에서 총독부 차관보인 찰스를 만나게 된다. 그는 천하의 바람둥이였지만 준수한 외모에 옷맵시도 좋았다. 키티와 말이 잘 통했으며 취미도 비슷하고, 언변도 뛰어났다. 그녀는 찰스에게 푹 빠졌고, 둘은 격정적인 관계로 발전했다.

　그러다가 누군가에게 밀애 현장을 들키고 만 것이다. 키티는 방문을 열려고 시도하다가 그냥 돌아간 사람이 누구일까 가슴 졸였다. 남편이 아니고 하인이기를 바랐다.

　그날 집에 돌아온 월터는 콜레라가 창궐하는 메이탄푸라는 지역으로 가게 되었다고 말한다. 그곳에 책임자로 자원했다는 것이다. 키티는 깜짝 놀라며 위험한 곳에 왜 가느냐고 묻는다. 월터는 "위험하지"라고 하면서도 함께 그곳으로 가자고 한다. 키티가 전염병이 도는 위험한 지역에는 절대 갈 수 없다고 하자 그는 말한다. 당신이 어리석은 것을 알았지만 그래도 당신을 사랑해왔다고.

　"사람들은 누군가를 사랑할 때 그 사랑에 보답받지 못하면 불만을 품지만 나는 그러지 않았어. 당신이 나를 사랑해주길 기대하지도 않았고 당신이 그래야 할 어떤 이유도 찾지 않았어."

그저 사랑할 수 있음에 감사했다는 월터의 말을 듣고 키티는 불륜 현장을 남편에게 들켰으며, 남편이 복수심에 콜레라가 창궐하는 그곳으로 함께 가자고 하는 것이라고 직감한다.

하지만 월터는 한 가지 조건을 단다. 만일 찰스가 그의 아내와 이혼하고 키티와 결혼하겠다고 하면 그때는 자신이 조용히 물러서주겠다고. 찰스의 사랑에 자신 있었던 키티는 그를 찾아가 모든 것을 털어놓는다. 하지만 찰스는 이혼을 요구하지 말라고 말하고, 그녀는 배신감을 느낀다.

키티는 어쩔 수 없이 남편과 함께 콜레라로 사람들이 죽어가는 오지로 떠난다. 길고 지루한 여행 끝에 세상 속 감옥처럼 외딴 곳에 도착한 키티. 그곳에서 장엄한 자연을 대하게 된 그녀는 순수한 영혼이 되어 눈물을 흘린다. 그리고 콜레라 환자들을 돌보며 헌신하는 남편을 새롭게 바라보게 된다. 월터는 상처받은 가슴을 안고 살아가는 사람이었다.

키티는 수녀원에서 고아들을 돌보며 그동안의 과오를 뉘우친다. 그리고 자신이 사랑하는 사람은 찰스가 아니라 월터였음을 깨달은 그녀는 지금 그 어느 때보다 행복하다고 느낀다.

그러던 어느 날 키티는 임신 사실을 알게 된다. 월터가 그 아이가 누구의 아이인지 묻지만 키티는 자신 있게 대답하지 못한다. 월터는 고통스러워하다 콜레라 지역으로 더 깊이 들어가고, 결국 감염돼 위독한 상황을 맞는다. 키티가 급히 달려갔을 때, 월터의 얼굴에는 희미한 미소가 어려 있었다.

"오, 소중한 사람. 여보. 당신이 나를 사랑했다면…… 당신이 날 사랑했다는 걸 알아요. 나 자신이 증오스러워요. 부디 나를 용서해줘요. 이제 나에겐 더 이상 참회할 기회가 없잖아요. 내게 자비를 베풀어줘요. 제발 날 용서해줘요."

아내의 고백을 들으며 남편은 죽는다.

"그는 상처받은 가슴 때문에 죽었어요"라고 하며 키티는 남편의 죽음을 슬퍼한다.

홍콩을 떠나 영국으로 가서 인생의 새 출발을 다짐하는 키티. 그녀의 머릿속에 산골 오지에서 보았던 그 길이 떠오른다. 모든 인간의 번뇌가 하찮게 쪼그라들었던 그때, 태양이 안개를 헤치며 떠오르고 구불구불한 길이 논 평원 사이를 뚫고 작은 강을 가로질러서 시야가 닿는 곳까지 쭉 펼쳐지던 그 모습……. 그리고 소설은 이렇게 끝을 맺는다.

"그녀가 저지른 잘못과 어리석은 짓들과 그녀가 겪은 불행이 아마도 완전히 헛된 것은 아닐 것이다. 이제 희미하나마 가늠할 수 있는 그녀 앞에 놓인 그 길을 따라간다면, 평화로 이어지는 그 길을 따라간다면 말이다."

우리는 신이 아닌 사람인지라 진짜 사랑을 몰라볼 때가 있다. 성인군자가 아닌지라 발을 헛디뎌 나락에 빠지기도 하고 남의 가슴에 대못을 박을 때도 있다. 또 상대의 슬픔에 내 가슴이 베이기도 한다.

나 자신 때문에 인생이 진창에 처박힐 때도 있다. 나의 잘못으로 진정한 사랑을 떠나보내기도 하고, 나의 잘못된 판단 때문에 무릎을 꺾으며 우는 때가 오기도 한다.

그러나 그렇다고 해서 인생이 끝난 것은 아니다. 호된 삶의 질책이 지나간 후 찾아온 힘으로 비틀걸음을 멈추고 제대로 걸어가는 순간이 올 것이기 때문이다.

안개에 싸인 장엄한 자연의 길 앞에 서서 뜨겁게 눈물 흘렸던 키티가 전해준다. 앞으로 그 길을 걸을 수만 있다면, 한때의 어리석음도, 한때의 잘못도, 그때 겪어야 했던 불행도 완전히 헛된 것만은 아닐 거라고.

로제 마르탱 뒤 가르
『회색 노트』

☑ 이해할 순 없어도 사랑할 수는 있다

역사소설을 쓰고 싶어 했던 소년

유복한 가정에서 태어난 로제 마르탱 뒤 가르Roger Martin du Gard, 1881~1958는 러시아 문학, 그중에서도 톨스토이 작품을 좋아해서 『전쟁과 평화』 같은 역사소설을 쓰고 싶어 했다. 고등학교 때부터 소설을 쓰기 시작한 그는 파리 대학교를 다니다가 파리 고문서 학교로 옮겨 역사와 중세건축학을 공부했다.

제1차 세계대전에 4년간 참전했는데, 그 기간 동안 대하소설 『티보가의 사람들』을 구상했고, 19년에 걸쳐 집필했다. 『티보가의 사람들』은 『회색 노트』, 『소년원』, 『아름다운 계절』, 『진찰』, 『라 소렐리나』, 『아버지의 죽음』, 『1914년 여름』, 『에필로그』의 8부작으로 되어 있다.

『티보가의 사람들』은 "20세기 초부터 제1차 세계대전까지의 파리를 생생하게 그린 벽화"라는 격찬을 받았으며, 로제 마르탱 뒤 가르는 이 작품 이후 1937년 노벨문학상을 수상했다.

서로 다른 두 친구를 이어주는 회색 노트

『회색 노트』는 모두 8부작으로 이뤄진 『티보가의 사람들』 중에서 첫 번째 작품이다. 티보가의 열네 살 중학생 아들 자크와 친구 다니엘의 우정을 다루고 있는데, 완고한 가톨릭 집안에서 자란 자크와 달리 다니엘은 상대적으로 자유분방한 프로테스탄트 집안 출신이다.

남몰래 우정을 나누는 두 사람을 이어주는 매개체가 바로 둘이 공유하는 '회색 노트'다. 전혜린 에세이에도 『회색 노트』가 언급된 바 있는데 사춘기 시절, 마르탱 뒤 가르의 소설 『회색 노트』를 읽고 나서 친구와 회색 노트를 교환했다는 내용이다.

프랑스 최고 훈장을 받은 의회 의원 티보에게는 아들이 둘 있다. 의사인 맏아들 앙투안과 그보다 아홉 살 어린 둘째 아들 자크다. 열네 살인 자크는 말썽만 부리는 골칫덩어리에다 성적은 바닥인 열등생이다. 다혈질인 성격에 아버지에게 인정받지 못해 반항심으로 가득 차 있다.

엄격한 가톨릭계 학교에 다니는 자크는 모두가 예의 주시하는 프로테스탄트 집안 출신의 학생 다니엘 퐁타냉과 가까워진다. 다니엘은 가난하지만 사랑이 넘치는 어머니 아래서 자란 차분하고 밝은 성품의 아이다. 둘은 학교 선생님의 눈을 피해 회색 천을 덧댄 노트에 서로의 비밀 이야기를 공유하며 점점 더 깊은 우정을 쌓아나간다.

간단한 걸 서로 묻고 답하던 중 먼저 약간 긴 편지를 쓴 것은 자크였다.

"오, 언제, 도대체 언제쯤 우리는 자유로워질 수 있을까? 언제나 우리는 함께 살 수 있게 되고, 함께 여행할 수 있게 될까? 기다리는 것은 싫어. 되도록 빨리 답장해줘. 내가 너를 사랑하는 만큼 너도 나를 사랑한다면, 4시까지 답장 주기 바라!"

다니엘은 자크가 쓴 글 뒤에 이런 답장을 써넣는다.

"내가 비록 다른 하늘 아래 살고 있다 하더라도, 우리 두 영혼을 맺어주는 진실로 유일한 우리의 우정이 나로 하여금 네게 일어나는 모든 일을 알게 하고야 말 거라는 생각이 들어."

두 소년은 회색 노트를 통해 마음속 이야기를 나누고, 시와 소설에 대한 소감도 나눈다. 시와 책을 소개해주는 것은 주로 다니엘이었는데, 거기에는 루소, 위고, 라마르틴, 뮈세, 에밀 졸라와 같은 시인과 소설가의 작품들이 포함되어 있었다.

어느 날 회색 노트를 강압적인 학교 선생님에게 압수당하고 만다. 선생님은 그 노트에 적힌 내용들을 보고 '심각한 과오'를 범한 중죄라고 판단한다. 하지만 티보가의 사람들을 무시할 수 없었던 선생님은 자크를 불러 프로테스탄트의 자식인 다니엘과는 멀어져야 하며 '회색 노트'의 내용은 중대한 죄이기에 퇴학을 당할 수도 있다고 경고한다. 이에 자크는 크게 반항하다가 벌을 받게 된다. 그리고 그 일로 엉뚱하게도 다니엘이 퇴학당할 위기에 놓이고, 자크와 다니엘은 가출을 감행한다.

파리를 떠나 낯선 도시 마르세유에 도착한 두 소년은, 일주일 동안 여관과 부둣가를 헤매며 모험을 하는데, 즐겁기보다는 힘든 시간들이었다. 그리고 어느 날 갑자기 여관으로 들이닥친 경찰에 의해 그들은 집으로 보내진다.

집에 돌아온 아들을 대하는 양가 부모의 태도는 너무나 달랐다. 다니엘은 다정한 어머니에게 안겨 뜨겁게 눈물을 흘리고, 자크는 부러운 듯 그 모습을 바라본다. 자크의 아버지는 돌아온 아들을 보고 내심 안심하면서도 자크를 냉정하게 대한다. 쓰레기 보듯 하며 멀리 다른 곳으로 보내버리겠다고 말한 것이다.

다음 날, 다니엘은 자크의 편지를 받게 되는데, 그 편지의 마지막 문장은 다음과 같았다.

"저세상의 문턱에서 내가 마지막으로 생각할 사람은, 친구여, 그건 너일 거야! 안녕!"

그 어떤 순간에도 자식을 믿는 마음을 놓지 않았던 어머니의 아들, 그 어떤 순간에도 자식에 대한 불신으로 화를 냈던 아버지의 아들……. 그 둘의 인생은 이렇게 달라진다. 아무리 가깝고 사랑하는 사이일지라도 분명히 존재하는 '차이'라는 것. 그 차이 때문에 우리는 숱하게 절망하고 슬픔에 빠진다.

차이를 이해할 수는 없어도 차이에도 불구하고 사랑할 수는 있다. 영화 「흐르는 강물처럼」의 아버지도 그런 말을 남겼다. 이해할 수는 없어도 사랑할 수는 있다고. 자크의 아버지가 차이를 가진 아들을 사랑하고 믿어줬다면, 비극적인 엔딩은 막을 수 있었을 것이다.

어떤 순간에도 믿음만 있다면 파멸은 막을 수 있다고, 그러니 지금 따뜻한 손으로 잡아주고 포근히 안아주라고 슬픈 눈빛을 한 열네 살 소년 자크가 전해준다.

하루 한 편,
세상에서 가장 짧은
명작 읽기 2

초판 1쇄 인쇄 2021년 1월 15일 초판 1쇄 발행 2021년 1월 21일

지은이 송정림
펴낸이 연준혁

출판부문장 이승현
편집 1본부 본부장 배민수
편집 7부서 부서장 최유연
편집 이은정 디자인 하은혜
편집 1본부 기획 박경아

펴낸곳 ㈜위즈덤하우스 출판등록 2000년 5월 23일 제13-1071호
주소 경기도 고양시 일산동구 정발산로 43-20 센트럴프라자 6층
전화 031)936-4000 팩스 031)903-3893 홈페이지 www.wisdomhouse.co.kr

ISBN 979-11-91308-29-7 04800
       979-11-90908-99-3 (세트)